石頭記

东莞古旧建筑中的红砂岩

杨晓棠 主编

江苏凤凰文艺出版社
JIANGSU PHOENIX LITERATURE AND ART PUBLISHING

红砂岩虽小,
却用自己的方式印证了文化与历史的凝聚。

隐微的记忆

　　欣赏岭南建筑，人们常常会被精美的雕梁画栋所吸引，甚至脊塑都会吸引许多目光，但红砂岩却很难引人注意。红砂岩朴实、低调的气质，让历史都不太注重对它的记录。

　　回溯岭南历史，数千年之中，无数村落生长和衰败，座座数百年的古寺、宗祠、家庙历经沧桑。漫长的岁月中，最稳定的见证者就是被人们一直忽视的红砂岩。

　　东莞旧民居所用石材，大多为红砂岩，采自石排的燕岭一带，东莞民间一般俗称为红麻石或者红粉石。东莞古村中红石、青砖、墨瓦编织而成的街巷，常看到红砂岩做的墙基、石柱、门楣、门框、墙裙等构件，或成片，或点缀，如流水般注入其中，自然、温暖而理性，不亲眼目睹可能无法形容这种空间之美妙。

　　建筑与文化是互证的。岭南建筑是如此，红砂岩也是如此。红砂岩虽小，却在崇尚木构建筑的中国建筑之中，用自己的方式印证了文化与历史的凝聚。

　　如今，红砂岩已渐渐淡出了人们的视野。然而，红砂岩拼嵌的建筑与村落从未过去，就像在村落街巷中随处可见的红砂岩雕刻的石敢当，已成为一个符号，记录了相同的风俗、生活，以及共同享有的记忆。

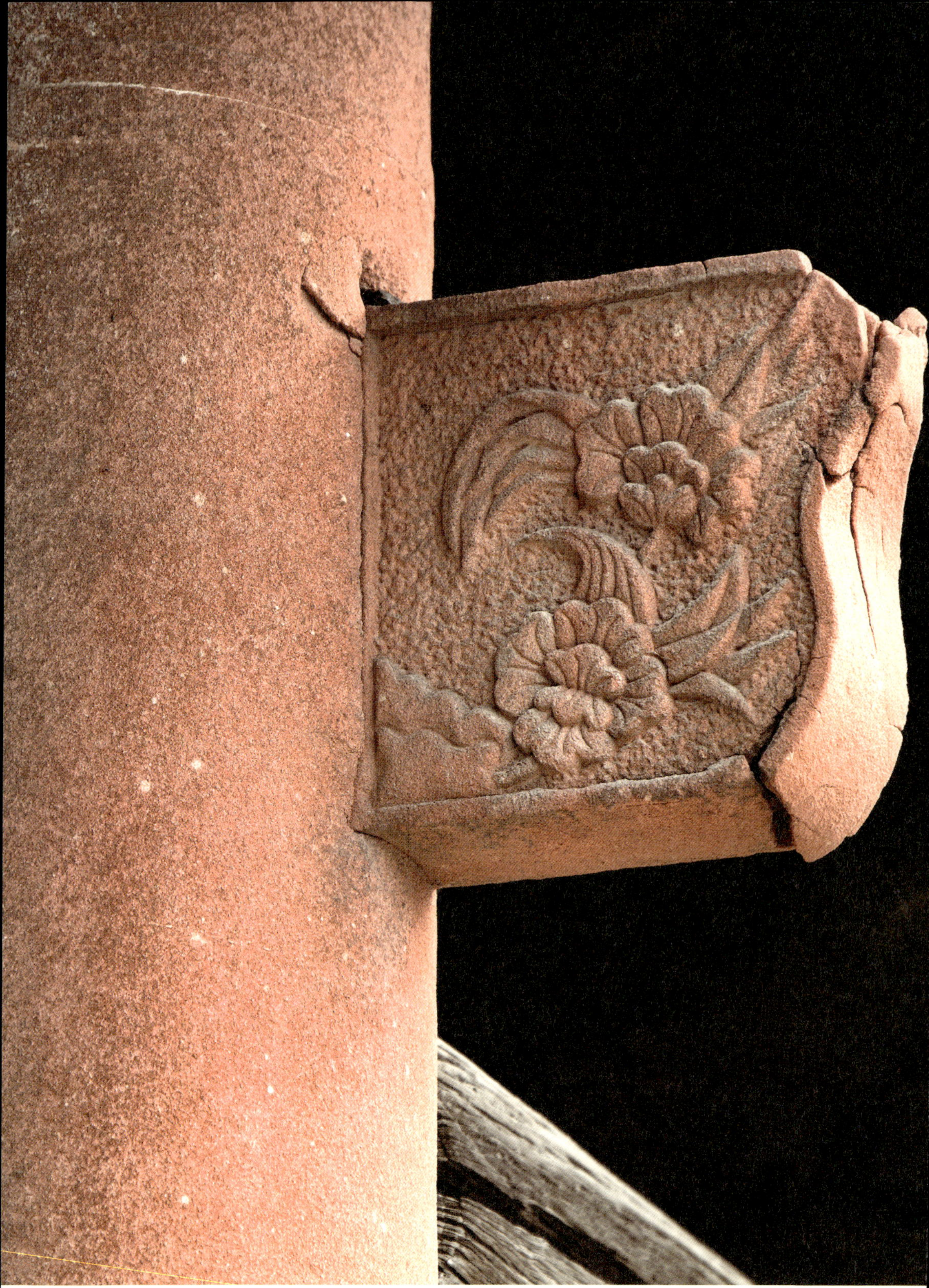

目录

壹 时间的凝结 001

贰 家族的基石 059

叁 穿越的千年 113

肆 温暖的原色 147

CHAPTER ONE
时间的凝结

壹

漫长的时光里,凝固的不仅是粗砂和砾石,还有文化和记忆。

砂
凝

红，是红砂岩最直观的表现，也是最让人瞩目的属性；

砂，写满漫长的演化史；

岩，是现在，也是最为骄傲的本质。

深藏

据地质学家描述，珠江口及其陆缘就好比一个白垩纪花岗岩外壳的大盆，里面杂乱地堆积着沉积的粗砂、砾石形成的碎屑岩系。泥岩、砂质泥岩、泥质砂岩、砂岩以及页岩等沉积岩类岩石，因含有丰富的氧化物，呈红色、深红色或者褐色，主要呈粒状碎屑结构和泥状胶结结构两种典型结构形式，这类岩石统称为红砂岩。海侵使得珠江口变成海域，其地缘地区则分布有红砂岩岩层。今广州番禺区的莲花山、石楼、大岗、黄阁、浮莲岗等地，蕴藏着近5亿立方米的红砂岩。东莞市东江南岸燕岭丘陵东起石排镇横山村下宝潭自然村北，西至茶山镇京山村的燕山一带，长约8公里，宽0.3～0.5公里，东南至西北走向，蕴藏有丰富的红砂岩（当地也叫红粉石）。

生命的演化是漫长且复杂的。这些以万、亿年来计算的岩石，一直深藏在地表和植被之下。后来，有人发现了它们的美和价值。

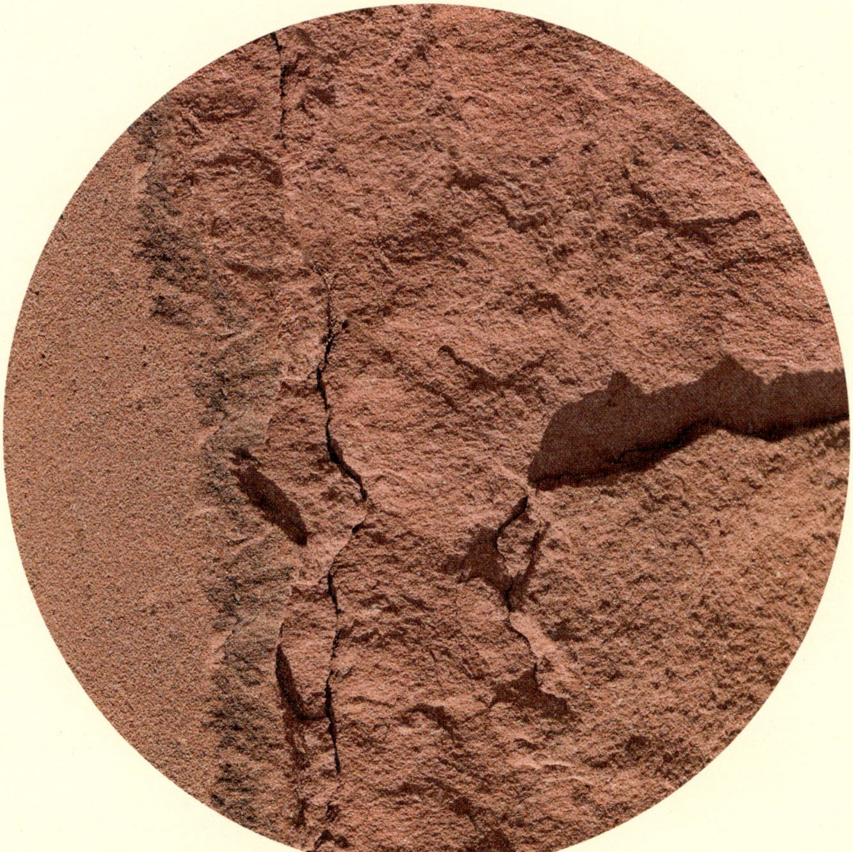

红砂岩古井、匾额、屋檐

红砂岩古桥

有王侯将相为自己的墓葬选择了沉稳鲜明的红砂岩，砌成地宫，或者吩咐匠人们把红砂岩雕刻成陵墓神道神兽。更多的是寻常百姓采了红砂岩，建起居所，铺就道路，凿出水井，雕成神祇，形成了无数岭南红石村落。

筑堤

宋朝元祐二年（1087年），东莞县令李岩试图一劳永逸地解决东江洪水的危害，决定修筑东江河堤。

实地走访探查后，李岩看中了燕岭山脉，决定利用这座自然山岭修筑河堤。在李岩的规划设计下，东江河堤福隆堤从茶山的京山开始，充分利用燕岭红石山脉这道天然屏障，将沿河的丘陵山谷串联起来，然后蜿蜒向东，经过石龙、石排、企石、桥头，直到常平的司马。民国《东莞县志》记载，福隆堤"延袤万余丈，护田九千八百余顷""护村九十三乡"。

东莞文史专家杨宝霖先生对东江古堤非常关注，他于2006年编著《石排史抄》一书，慨叹所搜集到的石排相关史料中，竟然有多半提到东江古堤。杨先生在书中赞叹，千年前落后的生产力条件下，东江古河堤的修筑，集中了东莞所有的人力、物力，工程量之巨大，不能不说是人心团结的象征，是力量凝聚的壮举，也是东莞精神脊梁的象征。

显然，在当时，河堤之筑造并非一气呵成。东江河堤在修筑后多次被洪水冲垮，地方政府又不断地重修与增建。正是由于人类开始筑堤，才约束了频频改道的肆虐江水，稳定了河道，也为滩涂田地的持续开发提供了可能。

千年来，东江两岸的人们围堤造田，繁衍生息，改造珠三角地区的河岸线，形成了现有的陆地和水系格局。也因为东江大堤的筑成，沿江两岸地区才能遏制水患，发展农业，聚集居民，进而形成悠久的东江文明。可以说，东江大堤是促进东莞生长和繁荣的生命线。而燕岭作为天然屏障，是东江大堤中最稳固的部分，也是最重要的核心支撑。

至今，在石排镇内燕岭丘陵之中，依然可以见到这道千年古河堤的踪迹。民国《东莞县志》有陈伯陶按语："考象山东、宝潭西为福隆堤。"在此提示下，在横山村宝潭自然村西边燕岭的一个小山窝里，曾有当地工作人员，发现了一段残存的东江古河堤，长约百米，两头连着燕岭山体，在山窝中垒起一条高大的土堤。这条堤坝两边都是平地田土，并没有水库，因此它不是水库的堤坝。而土堤北边大约四五百米，就是滚滚西流的东江。

燕岭古采石场遗址

红砂岩门框建筑构件浮雕装饰

红砂岩柱础、门枕

取材

　　从南宋迁都杭州开始，北方移民南迁，珠三角开始筑堤造田，把沉积层开发为农业用地。到了明初，珠三角是地方武装豪强主宰的地域，明王朝为维护统治，就在这片土地上推行里甲制。

　　漫长的明初百年中，里甲制下的编户，变成了宗族。地方政府承认地方大族的权威，而地方大族所采纳的士大夫生活方式，也使其地方影响力合法化。到了明朝中后期，珠三角地区开始大力兴建宗祠。

　　在这一过程中，珠三角发现了红砂岩更多的价值，把它们从山体下开采出来，用于承载和装饰建筑。这是一种就地取材的智慧，珠三角居民把本地石料运用到了极致。

　　而红砂岩也足够特殊，质地看似偏软，其实却有着非常不错的抗压能力，也有很好的防潮、降噪效果。所以明清时期，珠三角的居民，曾广泛用红砂岩做祠堂、寺观、塔、民居和墓葬等建筑的基础、墙体和构件。

　　到了17世纪，红砂岩已经成为普遍的建筑材料。

潢涌村下文塔

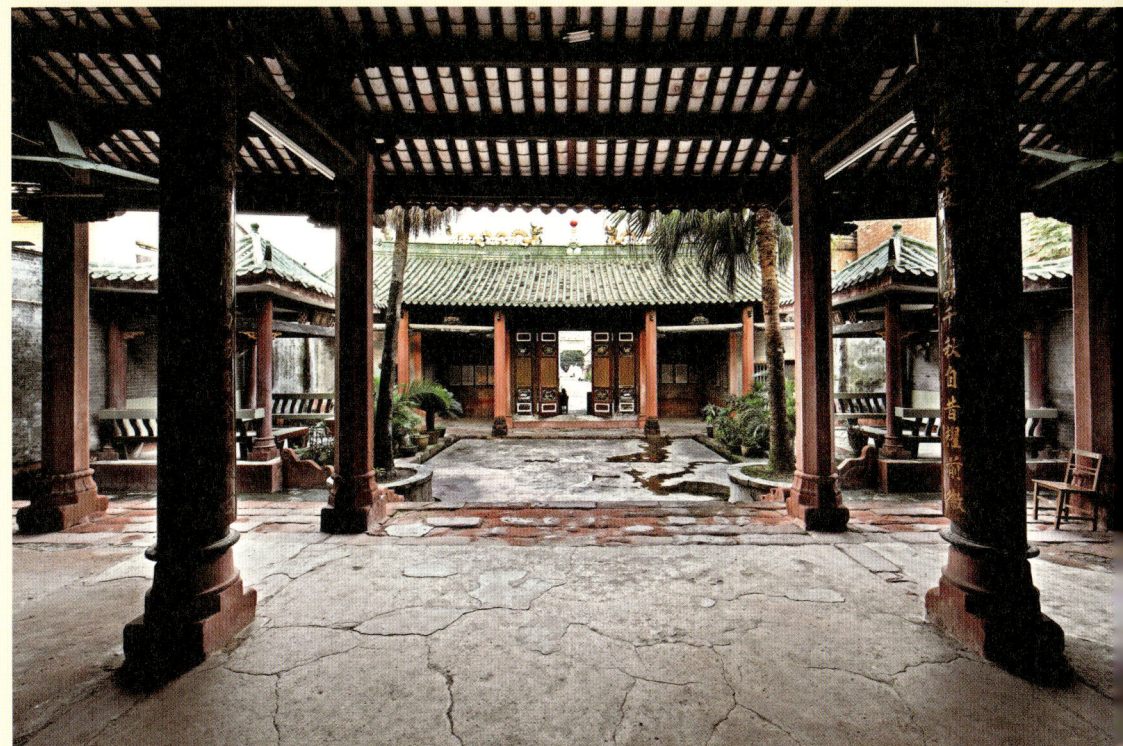

横坑村钟氏祠堂

建筑

　　近20年前，东莞文史专家李炳球跟随老师做田野调查。在横坑村钟氏祠堂，他们发现了一个石碑，主碑板为红砂岩质地，是乾隆二十八年（1763年）所立的《重建祠堂碑记》。碑文记载了祠堂重建之艰辛，集合族人之力才得以完成。主碑板的正反面刻下了数百位捐银人的姓名，其中有一捐助者极为特殊："友渔公助银一百两，又送石六百条，值银六十两。"据此可见，这位友渔公资助颇丰，捐银

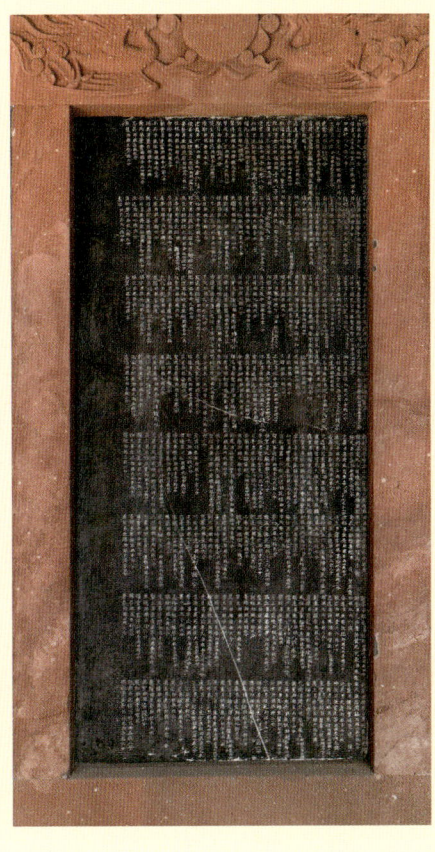

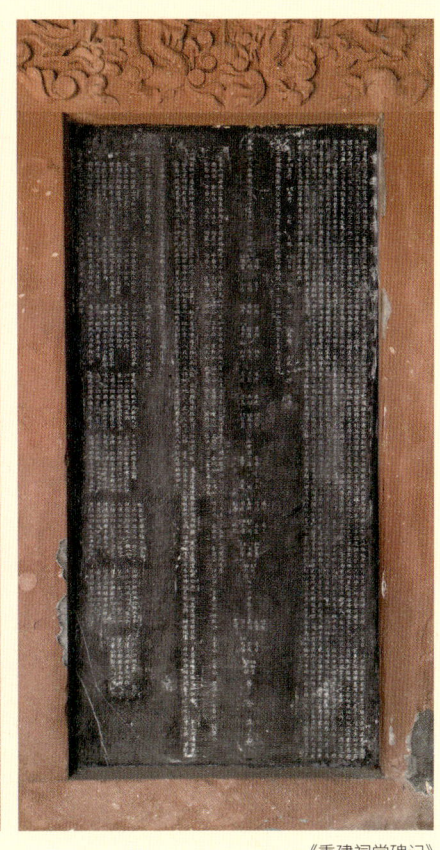

横坑村钟氏祠堂　　　　　　　　　　　　　　　　　　　　《重建祠堂碑记》

　　捐石。银自不必说，石就钟氏祠堂而言，也显而易见，就是红砂岩。

　　钟氏祠堂还代表了红砂岩广泛应用的趋势。明清以来，在东莞燕岭山脉数十里区域内，几乎随处可见红砂岩元素的建筑，就地取材，自不待言，还有就是当地水运发达，用小船即可托运红砂岩条石，交通便利。据东莞市第三次全国文物普查数据显示，东莞32个镇街中有30个镇街保存有红砂岩文化遗存。红砂岩不仅在古建筑中广泛应用，在墓葬、石刻等文物中也都能见到。红砂岩作为东莞古建筑特有的元素，成为东莞地域的文化象征。

东莞出红砂岩，同样出麻石，一地一风俗，有用红砂岩的，也就有用麻石的。虎门南面山一带出产麻石，像礼屏公祠就多用麻石，豆青麻石漂亮，硬度也高。康熙年间的迁海政策，使得大量客家移民从福建、梅州移居东莞，民居沿袭了梅州、河源一带的客家建筑风格，故取材多以麻石、夯土为主。总的来说，东莞客家山区，凤岗、塘厦、清溪一带，用麻石较多；而埔田、水乡片区，如寮步一带，建筑中采用红砂岩更为常见。

历史上，红砂岩在东莞的应用有一个渐变的过程。从红砂岩的普遍应用，到红砂岩和青砖混用，再到青麻石逐渐替代红砂岩，发生了漫长的变化。清道光年间以后，东莞开始出现麻石替代红砂岩的趋势，红石麻石混用随处可见；到民国时，麻石的使用已是普遍。这是一时一风俗。

有学者说，明清时豆青麻石贵，此说显然无法解释许多富贵人家也喜用红砂岩。李炳球更愿意接受历史渐变论，一地一风俗也好，一时一风俗也罢，都在时间长河中激荡，有间隔，也有融合。历史如此，东莞地方建筑也各显色彩，丰富和瑰丽起来。

麻石石刻

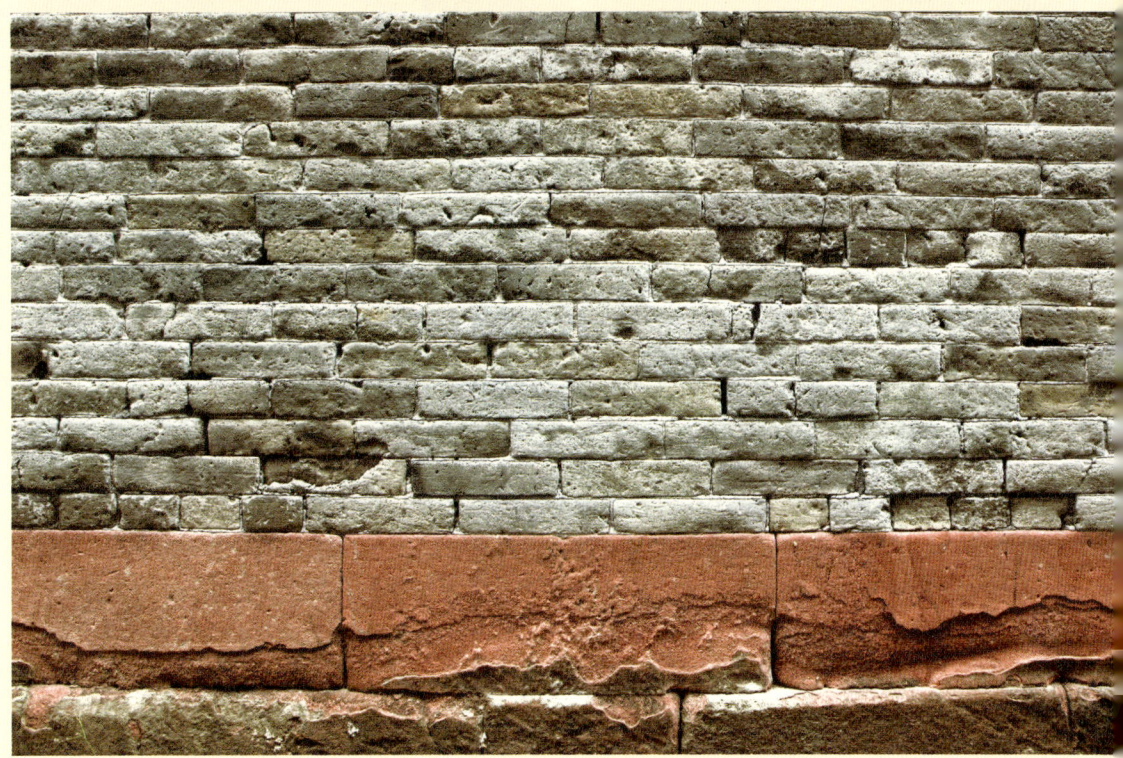

红砂岩墙基

015

塑造

  砂凝成石，是地质的塑造，也是国家的凝聚。

  在明朝建立之初，现在珠三角的大部分地区，还浸在水中。新的土地通过填海开垦得来，原来居于水上的居民逐渐转移到陆上。水上的社群除了在陆上留下神龛之外，没有任何留存。但是陆上的人形成村落，用红石、青砖建成房屋，广泛使用文字，参加科举，并建立起自己的家国概念。

  在明开国之后的两个世纪内，珠三角合计产生了390名进士，

迳联村

每三年一届的会试，平均产生6名进士。从16世纪开始，族谱的编纂，不再以虚构的祖宗谱系和里甲登记为核心，而以成员考取科举功名为主。拥有科举功名的成员，主持祠堂的祭祖活动，赞助宗族的活动。当然，宗族也负责培养和支持本族成员的科考。

之后200年间，整个社会各阶层都感受到了文人的力量，社会各阶层的仪容、风格，也都深受文人的影响，社会制度也逐渐士绅化。19世纪的珠三角，在史学家眼中已是毋庸置疑的传统中国社会。

光緒丁酉科鄉試中式第二十八名舉人麥秩勳立

超朗村麦氏宗祠

福隆村福隆当铺

南社村

燕岭的前世今生

行走在东莞，红砂岩随处可见。无论是祠堂、庙宇的建筑构件，还是石刻、碑碣等文物，连桥梁、古塔的承重材料，都是让人亲切而敬畏的红砂岩。可以说，东莞就是一座红石之城，红砂岩的使用与这座城市的记忆紧密相关。

选择的智慧

事实上，珠三角从宋代就开始使用红砂岩，在明清时达到了鼎盛。考古资料表明，红砂岩是珠三角明清之际使用最广泛的建筑石料，它不仅用于墓葬材料，也大量用于城基、官衙、楼署、祠堂、庙观、寺塔等大型古建筑，而且还用作民宅的基石。

广东境内，特别是珠三角地区，至今仍然保留着众多红砂岩文化遗存。这与广东的地貌特征以及存在大型红砂岩采石场遗址有关。广东境内现存采石场遗址有三处，即番禺的莲花山、南海的西樵山和东莞石排燕岭古采石场，但出产红砂岩的只有莲花山和燕岭古采石场。珠三角现存石质文物中的红砂岩材料大多来源于这两个采石场遗址。

番禺莲花山和东莞燕岭采石场都出产红砂岩，但比起番禺的红砂岩，东莞红砂岩色泽更亮丽，质地更为细腻，备受欢迎。

红砂岩那么鲜艳，质地柔软容易取材，而且就在家旁边，可以说多快好省又美丽，何不用来建造家园呢？

在珠三角地区，红砂岩被人们用于民居和祠堂庙宇的地面、垫台、墙裙、门楣、门框、柱、柱础、梁、雀替等建筑构件，墓葬的夯筑、华表、摩崖石刻、神道石刻、桥梁的承重材料等，可谓无处不在。

在东莞，红砂岩文化遗存数量巨大，十分常见，特别是石排、茶山、寮步等镇。这种在东莞始用于北宋时期，大盛于明清两代的石材，已成为东莞历史记忆的一个重要组成部分。石排镇燕窝村的燕岭摩崖石刻，在古采石场遗留的石壁上，刻有光绪十六年（1890年）石龙富商孙奭题书"咸钦燕岭"四个行书大字，旁边附有一首48字的诗文，赞颂当地风光："文卿大雅，心广体胖。结庐燕岭，万物静观。池鱼逐荔，花鸟啼红。千林明月，叠嶂清风。与人同兴，佳景时逢。高山仰止，书赠铭峰。"摩崖石刻为阴刻行书，笔势雄健奔放，潇洒飘逸，有较高的观赏价值。

燕岭摩崖石刻

定卿太史心廣體胖結廬燕嶺萬
物靜觀池魚逐荔蒼鳥啼紅千
林明月登峰清風與人同興佳
景時逢高山仰止書贈銘峯

大清光緒歲次壬寅閏二月穀旦
吳昌碩爽敬題并書

燕嶺

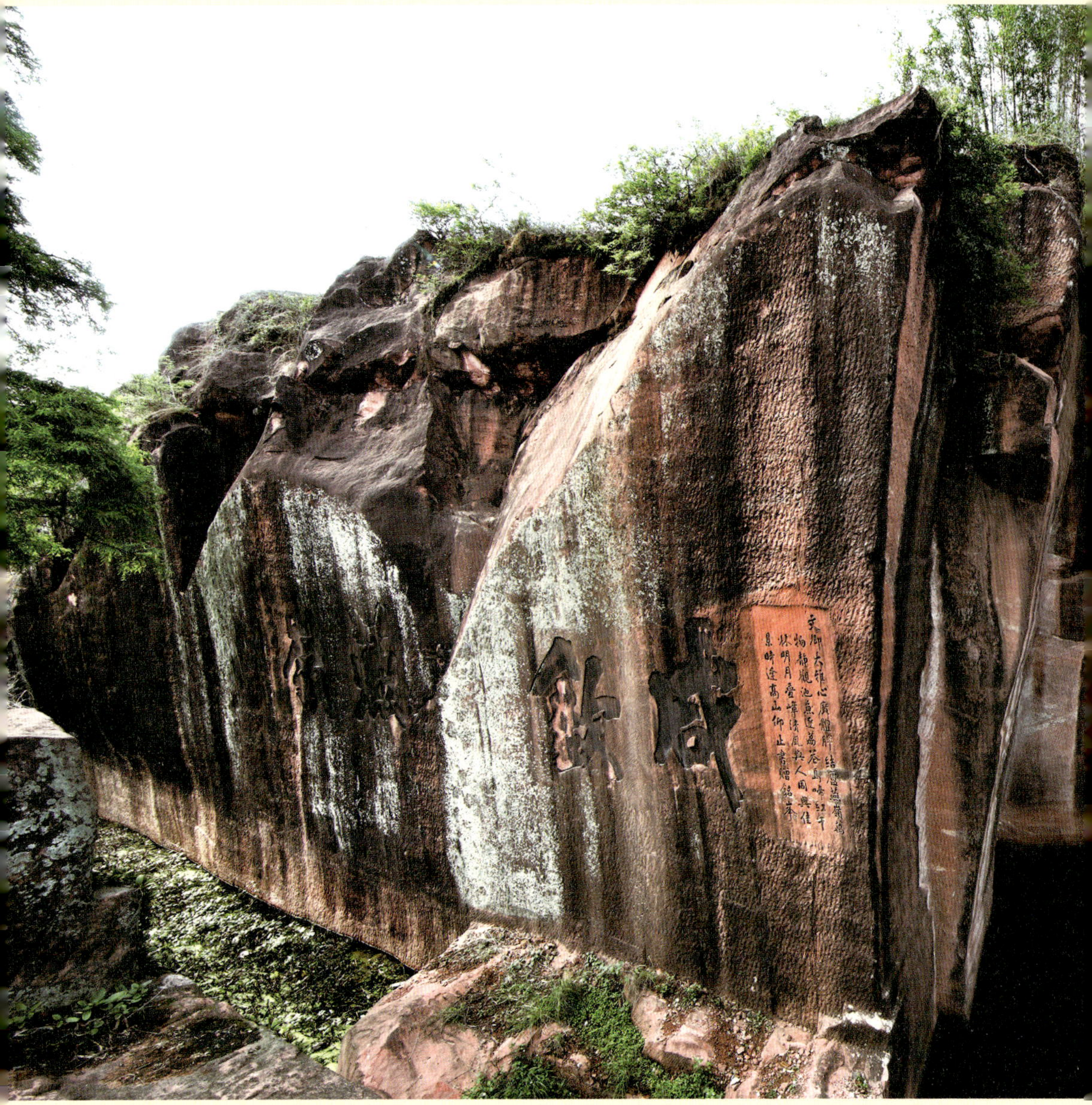

燕岭古采石场遗址

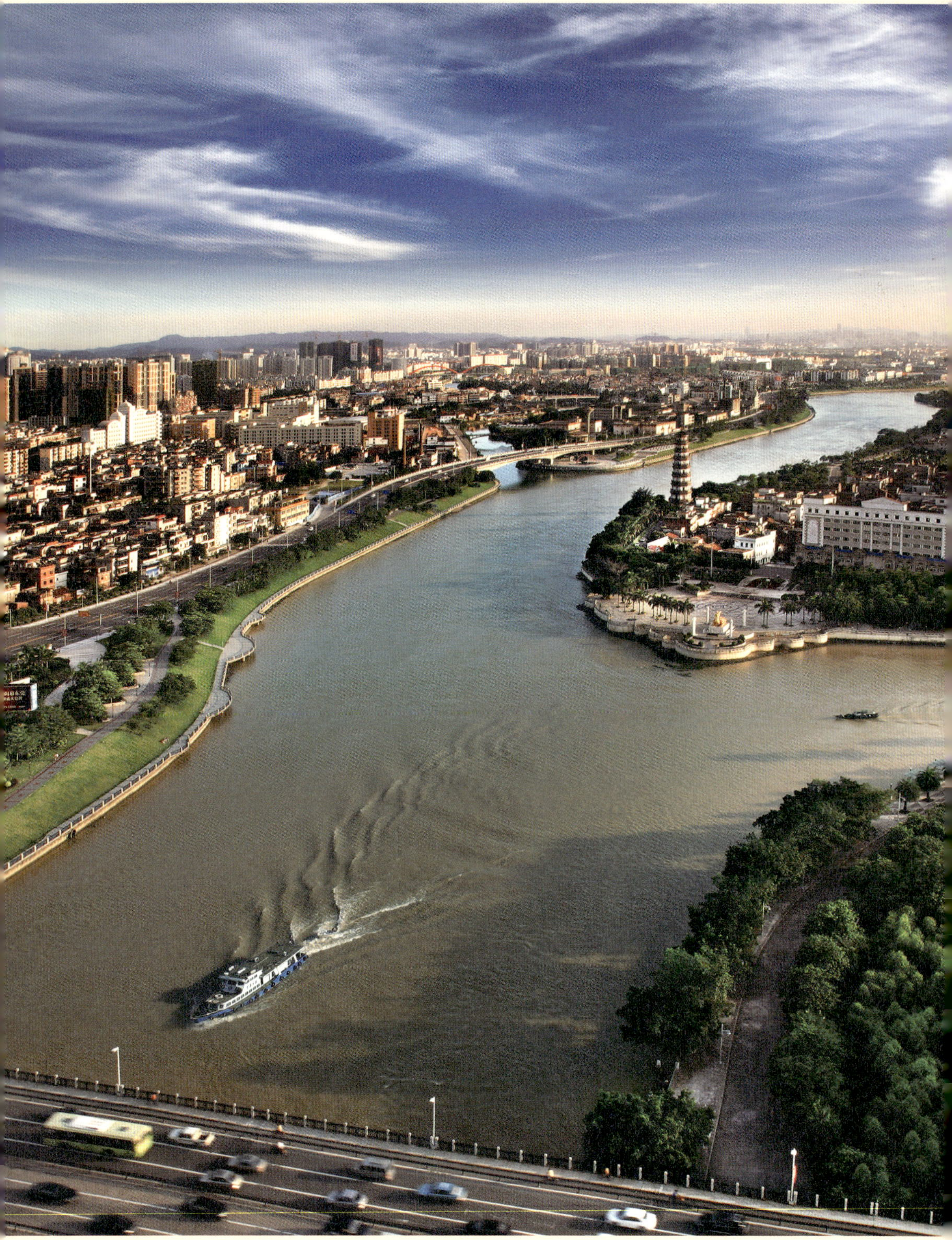

金鳌洲塔

　　金鳌洲塔管理所里50多米高的9层古塔，塔基也是红砂岩。在园区一隅，排列着明代红砂岩雕成的器宇轩昂的武官和钟松雪家族墓前的红砂岩雕蹲羊、立马各一对；明代红砂岩雕立马和南宋红砂岩雕卧羊经过岁月风蚀，脸孔已经逐渐模糊，如今静静坐在这里，像几百年前一样惹人注目。

　　东莞人为什么大量使用这样绚丽的石头作为建筑材料？在西北大学文化遗产学院副教授刘成看来，这是无奈中的智慧选择。

　　刘成教授解释，在人与自然之间的磨合过程中，任何选择都是无可奈何下的理性选择。人们在哪里生存，决定了他们利用什么样的自然资源。

　　靠山吃山，靠水吃水，这是自古就有的道理。黄土高坡上居住的人们，利用黄土的黏性和干燥后坚硬的特点，将之改造作为建筑材料使用，直到今天，汉唐时期的夯土建筑还能保持完好。江南地区温暖湿润，植被密布，木构建筑就能发展到极盛。在珠三角，古时人们也用食用后的蚝壳砌筑房屋的墙壁。明清时期，东莞地区大量使用红砂岩，也是如此。

明代红砂岩雕武官、文官立像

明代红砂岩雕立马、蹲羊

明代道家山上清观红砂岩雕狮子

燕岭古采石场遗址"补天石"

采石场的往昔

燕岭采石场距离东莞市区不到15公里，处于石排镇燕窝村边。

采石场遗址蔚为壮观，在延绵一公里多的山体范围内，红砂岩山体兀自挺立，一座座深插进水塘；水塘幽深清凉，加上繁茂的植被，绿的极绿，红的极红。大自然特别眷顾这里，特地补了色。

燕岭的红砂岩丘陵中，岩层倾角较大，垂直节理很少，在长期侵蚀、溶蚀和风化的过程中，形成了坡度较大的丘岗。采石场遗址中石壁林立，奇峰峻峭，主要是历代人工采石造成的。

根据史料记载，最晚到明代，石排镇就出现石料开采场，古代称红砂岩为红麻石或者红粉石。燕岭古采石场所产红砂岩色泽亮丽，与当年东莞的青砖、白泥一样名扬粤海。莞邑的旧民居用石，大都取自燕岭。在有近800年历史的塘尾村可见到，该村祠堂、公厅和民居的墙裙、墙脚、石柱、柱础、门框、门额、石雕、古井和巷道皆是用燕岭的红砂岩砌成。

红砂岩石敢当

红砂岩古井

033

燕岭古采石场在明清时期大量开采，经历数次禁采，至清朝末年，大规模的采石活动已基本停止。原因是红砂岩自身的岩性柔脆不耐久，加之珠三角地区近海气候潮湿多雨，红砂岩极易出现断裂、剥落等风化现象，到民国时期，作为建筑材料的红砂岩逐渐被更坚固、不易风化且来源更为广泛的麻石所取代。故而，珠三角地区目前保留的红砂岩建筑遗存，除近年重修的构件，其年代应基本为明清时期。

中华人民共和国成立后，为了适应大规模水利建设需要，燕岭复办石场，爆破开采块石，供建筑涵闸和堤基使用。20世纪90年代，广州西汉南越王博物馆修建时，临街挡土墙和门面的用石，也是取自该处。但采石破坏生态资源，1999年起，石排镇永久禁止开采燕岭红砂岩。

今天看到的红砂岩采石场遗址，大多是明清至20世纪中叶留下的开采痕迹，采石面长而宽，切割岩层上的横线、斜纹清晰密布，人工开采的直壁岩面从几米到几十米高，非常壮观。

在现场，还能看到古代矿工将红色砂岩划分成三层十八间矿房，排列整齐，也就是"十八房间"景观。石柱上长满了灌木草本，石窟与石柱下有水淹没，岩湖奇观让人惊叹。

就在"十八房间"附近，燕岭古采石场的擎天石柱伫立在石窟水面之上。村民根据女娲补天的传说，把这块高耸的石头称为补天石，称女娲补天使用的红石就从这里取材。

这些采石遗存，是工匠使用露天开采法和房柱采矿法联合开凿留下的，显示出当时先进的采石技艺。

这种采石方法具体来说，是先揭去上层风化岩层，回采中部和下部的新鲜岩层。为了便于人工操作，采到一定深度留采矿平台，组成几个向下台阶的工作面，矿坑深度可以达到30多米。

为了减少上层剥离废石的工作量，露天开采到一定深度，就会转为地下矿房开采，"十八房间"的矿房就是这么留下的。矿房非常规整，每个矿房7米多长，5米多宽，5米多高，矿房之间留着规则的条带形矿柱。采石工在工作面上部开超前切割槽，靠红砂岩本身的稳固性和矿柱的支撑能力，维护回采过程中形成的采空区。这种开采方法建矿时间短，出石快，生产安全条件好，充分显示了古代高超的开采技术。

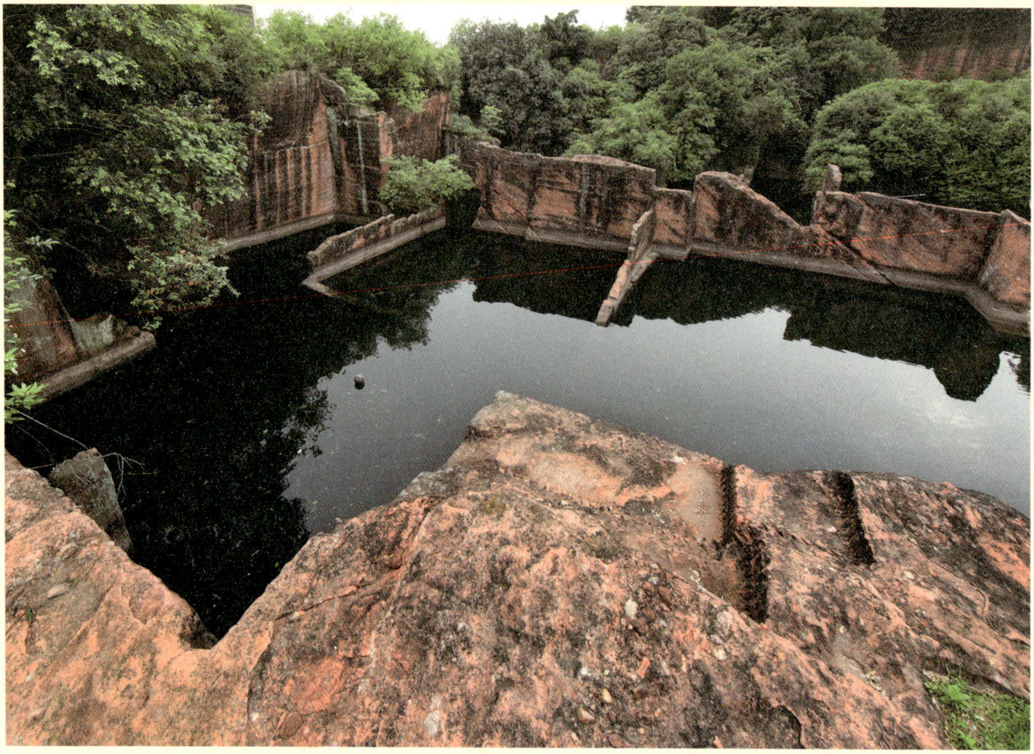

燕岭古采石场遗址"十八房间"

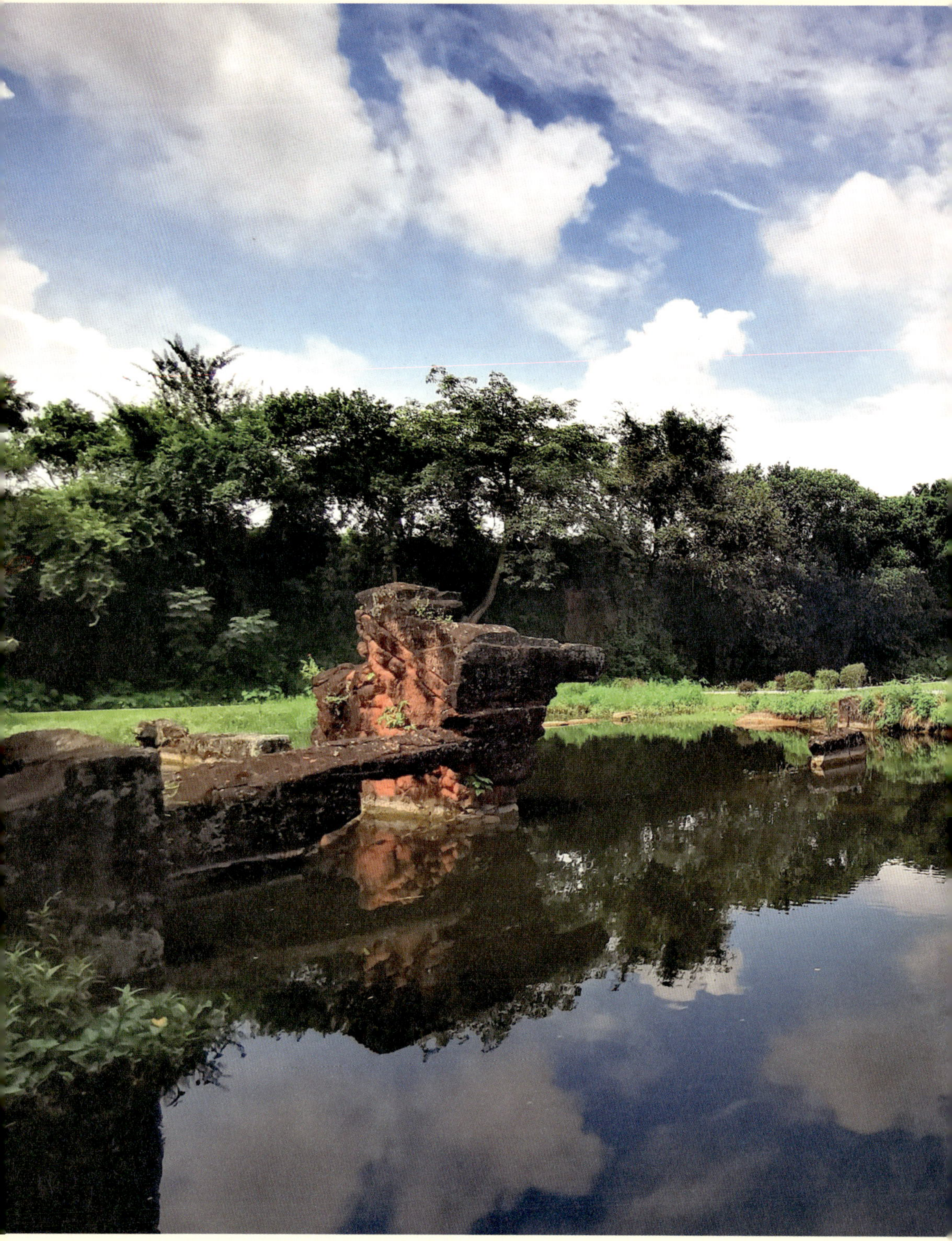

燕岭古采石场遗址"补天石"

采石场的童年记忆

　　90岁的王晚灯自小生活在石排镇燕窝村，在红砂岩建成的房子里生活了大半辈子。因为距离采石场很近，他对采石场记忆犹新。那处地方对于当年的孩子们，除了是爷爷、爸爸们工作的地方，还是一个巨大的游乐场。

　　王晚灯和略小他几岁的童年伙伴仍然记得，他们结伴去采石场的水塘里游泳解暑的盛夏，太阳照在红艳艳的石头山上，像是回忆一个时代的颜色。

　　去采石场的那条路都是红色的，那是经年累月踩碎的红砂岩变成的石粉，又与泥土搅和在一起，成了一条红色大道。当时的人们利用这些红色泥土种植农作物，红土中丰富的矿物质，又让农人轻易获得丰收。

　　王晚灯的父亲就曾参与过采石，但采石已经不是20世纪初石排的热门行业了。在那之前，采石可是当地的大行业，不少外来的客家石匠留于此地，参与采石、运输、打磨石材的工作。王晚灯还记得，工人的工具也十分简单，一支铁钎，一根绳索，一个榔头，加上力气大、肯吃苦的采石人，拉回去用比红砂岩更为坚硬的石头来打磨，就成了可以直接使用的石料。

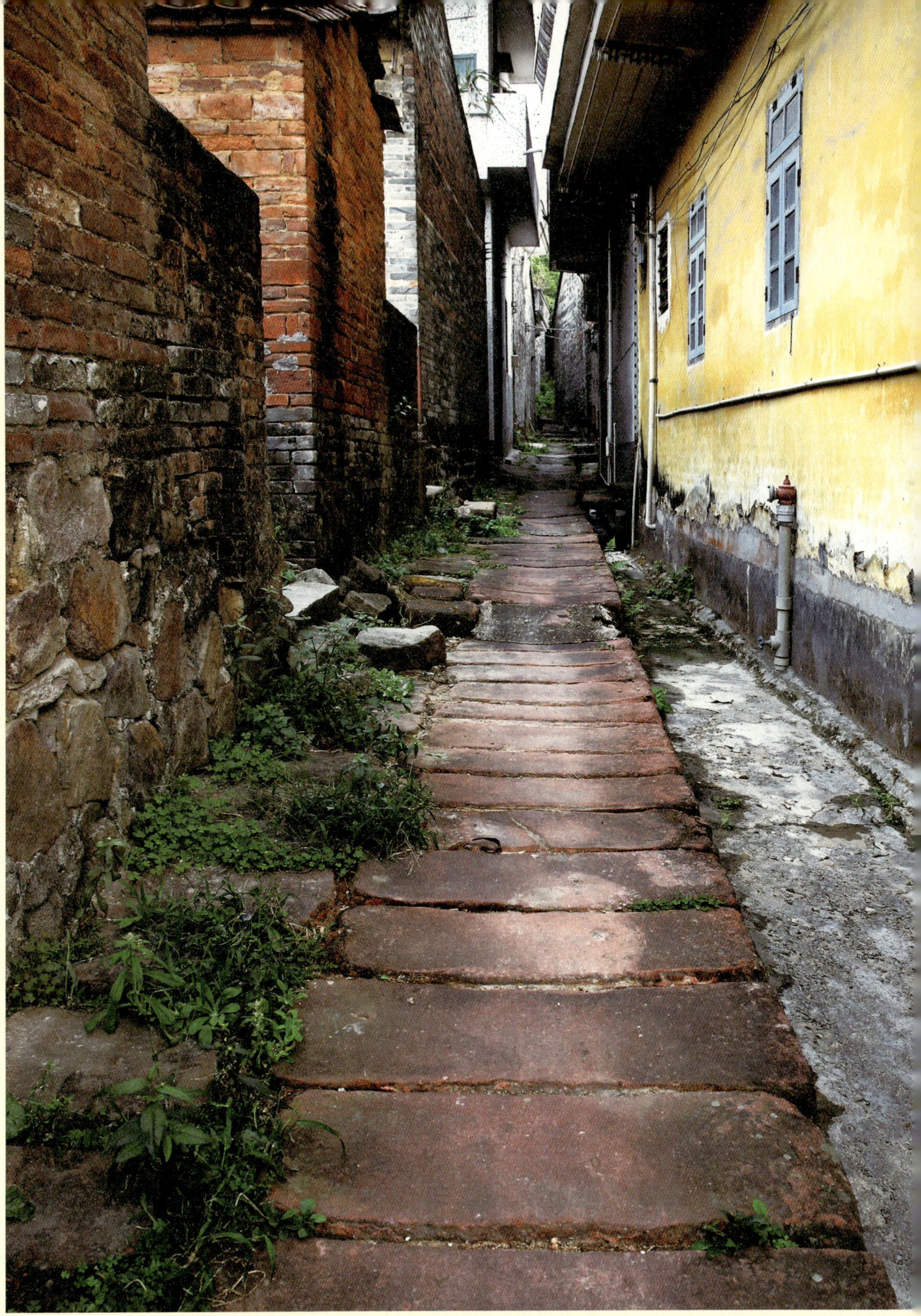

红砂岩雕刻

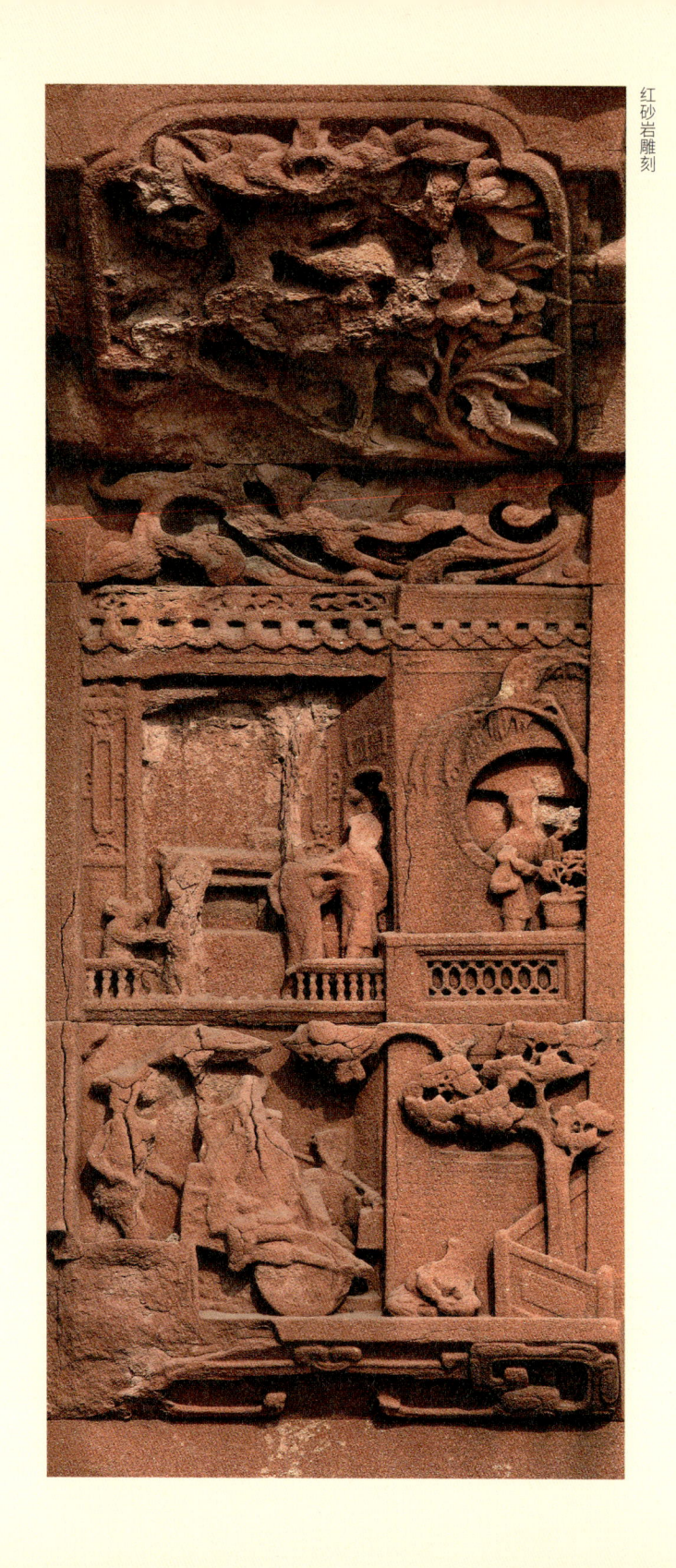

采石场凡是朝向太阳的一面，就非常坚硬，有很多碎石。但背阴一面，越是深入地下的部分就越软，越好采。所以采石人常常往下挖，六七米甚至十几米深处，才有好石料。工人在坑底打石头，打下的石块用简单的装置运出去。神奇的是，打下来的石头一见阳光，就迅速变硬了。

岭南人吃苦耐劳，精益求精，辛苦采出来的粗糙红石也要雕刻出精美的纹饰来。家家户户的门框、门楣以及各种建筑构件上都有线条装饰，有心且富裕的人家还会雕刻出各种繁复的浮雕花纹，象征着一家兴旺的好意头。

建房要大石头，旁边居民家中少了什么物件，也会去采石场搬一块较小的石头回来。小个儿的石料磨平了就是切菜的案板；谁家需要饭桌，便找来两块红石当桌架，再磨平一块大点的石板搭在上面即可；家中的板凳、置物的几案，常常也是红砂岩做的。

红砂岩伴随着无数个王晚灯这样的老人走过一生。红砂岩的记忆留在这座城市最初处最深处，自然延绵着一种特有的色泽与质感，厚重、朴实而又温暖。

东莞埔田片区的燕岭红石山脉，密布成排，延绵16余里，被当地人称之为"龙脉"，石排由此而得名。这里出产的红砂岩质地细腻，色泽艳丽，在明清时期曾远销珠江三角洲地区。史料中最早出现"石排"二字恰好在明朝崇祯大规模开采红石山前后。如今，石排镇标也是取自燕岭采石场一块被誉为"补天石"的巨石。

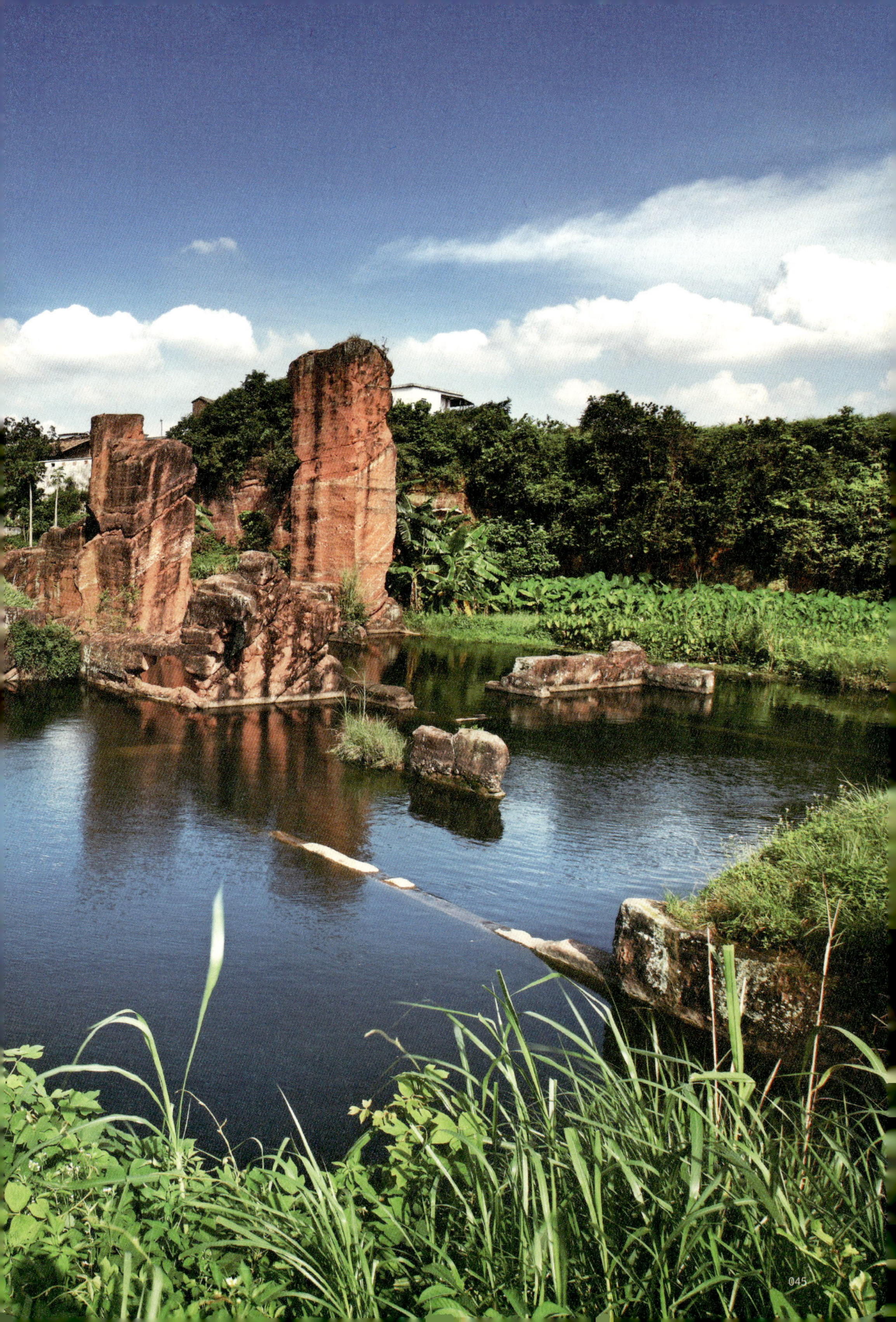

一次归来

明崇祯元年（1628年），28岁的王应华（生于1600年，字崇闇，号园茝，东莞石排人，官至礼部侍郎）高中进士，意气风发。然王应华念兹在兹，早有了计划，借着进士登科，他请假归乡，率家乡父老，向邑令李模申请保护燕岭，以留住红砂岩。此举影响颇大，陈子壮在《石冈士民颂李公德政碑》中详细记下了："王君崇闇成进士，请假还，率其乡力诉于侯，为之达于郡督，于藩宪大夫，于两院使者，条悉居民所系之切。"

"锥琢之声闻于数里"，红砂岩被过度开采，石排燕岭山脉遭到严重破坏，高岭变深谷，山岭的天然堤防作用被削弱。王应华焦灼不已，对于故乡，他是有远见的，看到故乡的过往与现在，再也无法容忍浅见短利者破坏燕岭。

在王应华等人的努力之下，"卒保无害，云山郁茜，千百年得以缄繘。环山而居者，千百世得以繁衍"。当然，开采红砂岩的风气并没有完全止住，在明清之际的岭南，在血缘主导下的地方社群组织中，地方政令显然无法真正约束已成习惯的红砂岩开采。红砂岩之于莞地，早已不仅仅是一种建筑材料，而更像是一种地域认同，或是一种文化认同。

据记载，明崇祯十一年（1638年），福隆古堤毁坏，尚在外任高官的王应华联合乡绅，提请当时邑令汪运光加以修复。完工后，王应华作《汪侯增筑福隆堤记》一文记录。清顺治六年（1649年），东江暴涨，福隆堤决，民国《东莞县志》记载："崇弼率其子光仞、孙际亨倾囊募助，与邑人王应华竭力固筑，堤成，九十余乡恃以无恐。"

为了东江两岸民生，他倾注了无数心血，内心亦如东江水一样，不止涌动。清康熙四年（1665年）他黯然辞世。他的一生像极了故园燕岭的红砂岩，朴实、光鲜、务实，却也带有脆弱的意味。

易代之初，红砂岩的开采又迎来高峰。并不安稳的时局，不会有人在意红砂岩，抑或燕岭之于莞邑的价值所在了。

直到清康熙十一年（1672年），石排进士黎之纲再次上书，由地方政府发令禁止采石。可惜，终不能再起东江的波澜。一个时代的波光潋滟，随着一代士人的逝去而慢慢散去。

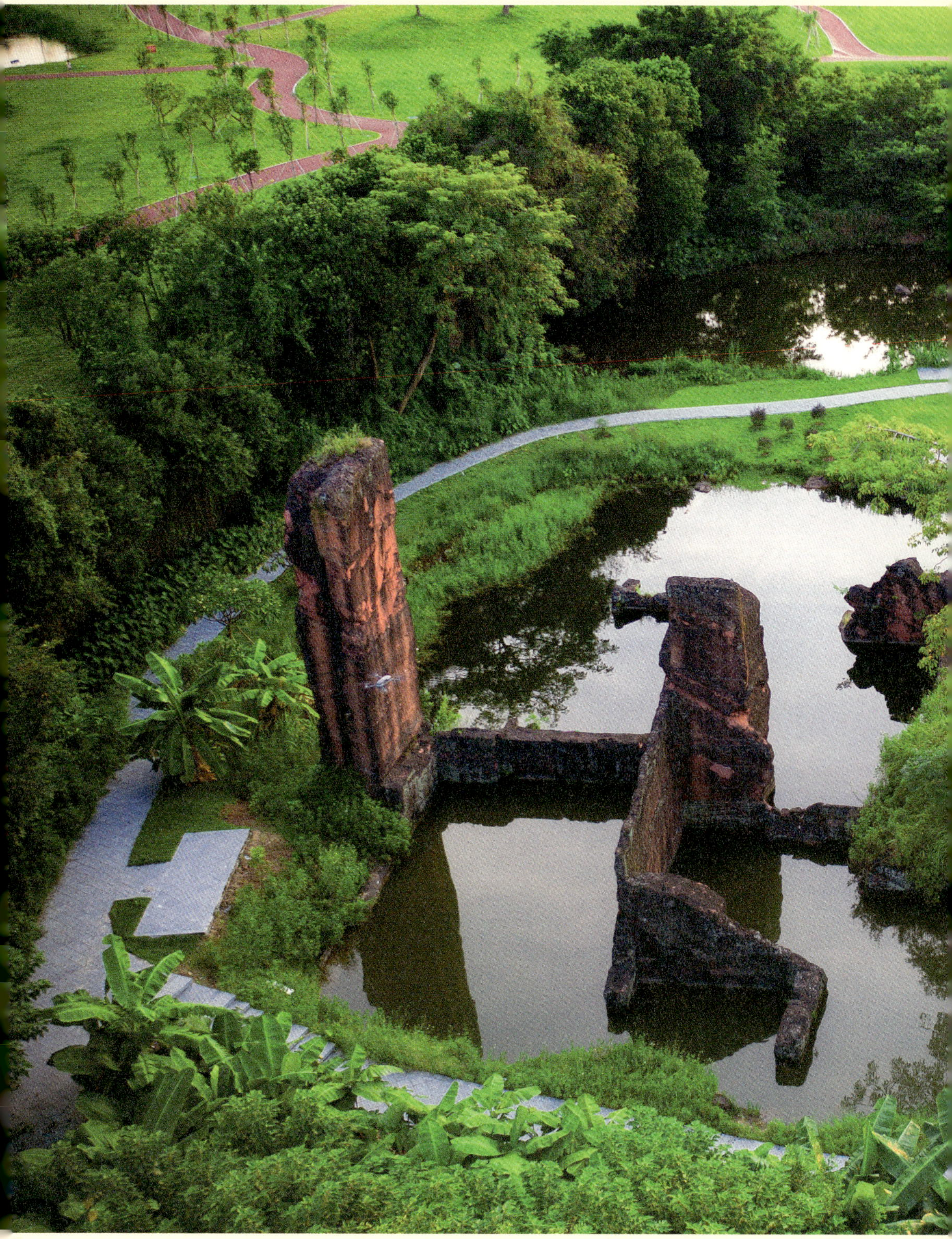

燕岭古采石场遗址

迎恩门下

莞城最初不叫莞城。

东莞境内盛产一种名为莞草的水草,才有了"东莞"这个名字,一直沿用至今。

东莞的建城史,距今已经1200多年。作为岭南文化的典型代表,东莞是岭南文明的重要起源地和发展地,人文荟萃,名人辈出。

到明洪武十七年(1384年),南海卫指挥常懿始建东莞城楼,以红砂岩砌边、中间填土的城墙由几座城门楼相连,现在仅存的只有迎恩门城楼(西门)了。在明清两代,迎恩门经历过多次重建与扩建,如今看到的迎恩门城楼首层还保留着当年的红砂岩基石,二层楼则是1959年参照天安门城楼的样式重修的。

迎恩门护卫着东莞城,已有600多年,见证着这座城市的过往变迁。

水聚

北至惠州府博羅縣界六十里
西至香山縣界二百里
東至惠州府新安縣界一百五十里
南至新安縣界六十里　名大奚龍穴洲二百九十里

聖賢岡
劍嶺
蛟龍潭
石涌山
聖牛岡
神山
大嶺山
黃嶺
石鼓山
金牛山
青萃峯
蓮花峯
深凉山
雙女湖
珊瑚洲

迎恩门

路过城门

即便在今天，走过迎恩门，也会被它古朴典雅的外形所吸引。东莞这座现代化都市，为古老的红石城门留下充足的空间，让它在川流不息的车流、霓虹灯与人群中，得以喘息，散发着历史的悠长气韵。

作为莞城标志性古建筑，城楼高16米，宽126米，厚14米；楼顶为重叠歇山式构筑，有36根大圆柱支承，瑰丽雄伟。城楼下为拱门通道，20世纪70年代重修时，将原来一条通道两重城门改为三条通道，以适应交通需要。

原本迎恩门是连着城墙的，连绵的城墙与道家山、钵盂山和阳门（东门）、崇德门（南门）、镇海门（北门）相连，环抱着古莞城。

站在烈阳高照的城门下，仍可想象迎恩门当年的气势。如今，迎恩门屹立在现代建筑群之中，红墙碧瓦，飞檐斗拱，明代的红砂岩基座因风化而斑驳脱落，颇有沧桑之感。

据说在明洪武年间，盗匪常来这里抢掠，当时的东莞城四周无遮无挡，将领常懿才决心带领军民在莞城四周建起城门与城墙，把城门一关，海盗就没法进城。

除了军事上的功能，城墙城门还与老百姓的生活密切相关。当年，城墙城门还有防洪作用。夏天发大水时，城门用沙包堵上，洪水就无法灌进城来，不会被淹。

人们不会忘记历史。新建的市区千变万化，却不会拆掉这座旧城楼，还在附近建设了西城门文化广场，成了市民休闲娱乐和大型活动的场所。绿草茵茵，喷泉作响，舞姿翩翩，歌声曼妙，构成东莞新时代的盛景。

迎恩门城楼与文化广场，文物古迹与现代文化设施交相辉映，让城楼也当代了起来。

修复基石

迎恩门基座的红砂岩，就产自燕岭采石场。红砂岩，见证了城市的崛起、繁荣和新生，记录了城市和村落的变迁，以及一段段关于城脉、记忆和美的故事。

迎恩门下的红砂岩受到经年累月的风吹日晒，水、可溶性盐和微生物的破坏，也让红砂岩呈现表面酥碱、粉状脱落或者片状脱落的状态。尤其在靠近地面的位置水分更多，往往也会让红砂岩风化、侵蚀、变白，有些部位甚至产生了孔洞状的风化。

在石质文物保护专家看来，大多数红砂岩只是表面风化，看上去很严重，但它们"得的只是皮肤病，不是骨头断了"，并不需要过多的处理与维护。在专业评估后，很快能够判断出它是否还能受力支撑。简单的清理和护理对这座老城楼来说就足够了，因为它尚未有"生命危险"。

莞城

更名东官郡并立宝
安县。《旧唐书·地理志》、《元和郡县图志》、《太平寰宇记》、《舆地纪胜》、《读史方舆纪要》、《新唐书》、《东莞县志》（清康熙、《广东通志》（唐）载，唐至德二年（757），改宝安县为东莞县，徙治到涌（今莞城旧城），建城二十二百五十年以来，莞城历代为人车载斗量，文献汗牛充栋。一千二百五十年以来，莞城历代为东莞的政治、文化、经济中心。中共东莞市委、东莞市人民政府於二〇〇七年（丁亥）年立

迎恩门

CHAPTER TWO
家族的基石

贰

红砂岩的光芒
是自然的调和者，
浑然天成。

塘尾村

红石筑起的家园

从繁华都市驱车30分钟，就能来到古风盎然的塘尾村。塘尾是寂静的，不是全无人烟的万籁俱寂，而是旧时窄巷宽井、鸡犬相闻的寂静。

塘尾距离都市那么近，又那么远。在享受物质资源极大丰富的现代文明时，它又极为完整地保存着古村的原本面貌，并怡然自乐。

筑就和守护

在南宋立村之时，这里是水乡，曾被称作莲溪。村口的池塘开满莲花，人们也叫它莲塘。东莞人称村又叫围，而村子住居莲塘之尾，清乾隆时代，这个村子就得名塘尾了。

村前的鱼塘布局有个有趣的说法。三口鱼塘一大两小，村民指着俯瞰图讲，这三口鱼塘分别代表蟹壳和两只蟹钳，前面两口古井则代表两只蟹眼，好像一只巨蟹守护着村落和万亩良田，护佑村民平安。

这种想要守护村落的心态，在塘尾各个角落都能找到印证。

就拿村子的布局来说。现在还保留着比较完整的村墙，红砂岩为基，青砖构筑墙体，将村子紧紧围绕着。整个村子只在围墙的东南、西南、西北和东北角开了四个围门。

规模最大的东围门，门框与基石都是红砂岩，由红砂岩制作篆刻的"秀挹东南"匾额让人不禁心生敬意。在红砂岩门框上，有些深度十几厘米的凹陷，像是常年被砂纸打磨过。村里长者说，村民进出村子时，随身携带的镰刀就在红砂岩上蹭一蹭，权当作磨刀了。经年累月，红砂岩就留下光滑的弧度，这是时间的痕迹。

从这扇门进去，喧嚣的都市就被抛诸脑后了。这里充满色彩与平和，连阳光洒在这座800多年的古村里，都少了傲慢而显得谦逊起来。

红石青砖的古村

塘尾村人何时移居至此？族谱《陇西李氏家乘》就有记载。宋末理学名家李用的后人李栎菴到塘尾开馆授徒，因爱莲溪山水，卜居于此。元明清600年的发展，李氏家族愈加兴旺，光绪年间有1000多人。塘尾原有数个姓氏杂居，李氏至此定居后，发展迅速，很快成为当地第一大姓。

塘尾古村落有多大呢？以古围墙为界，它有近4万平方米。200

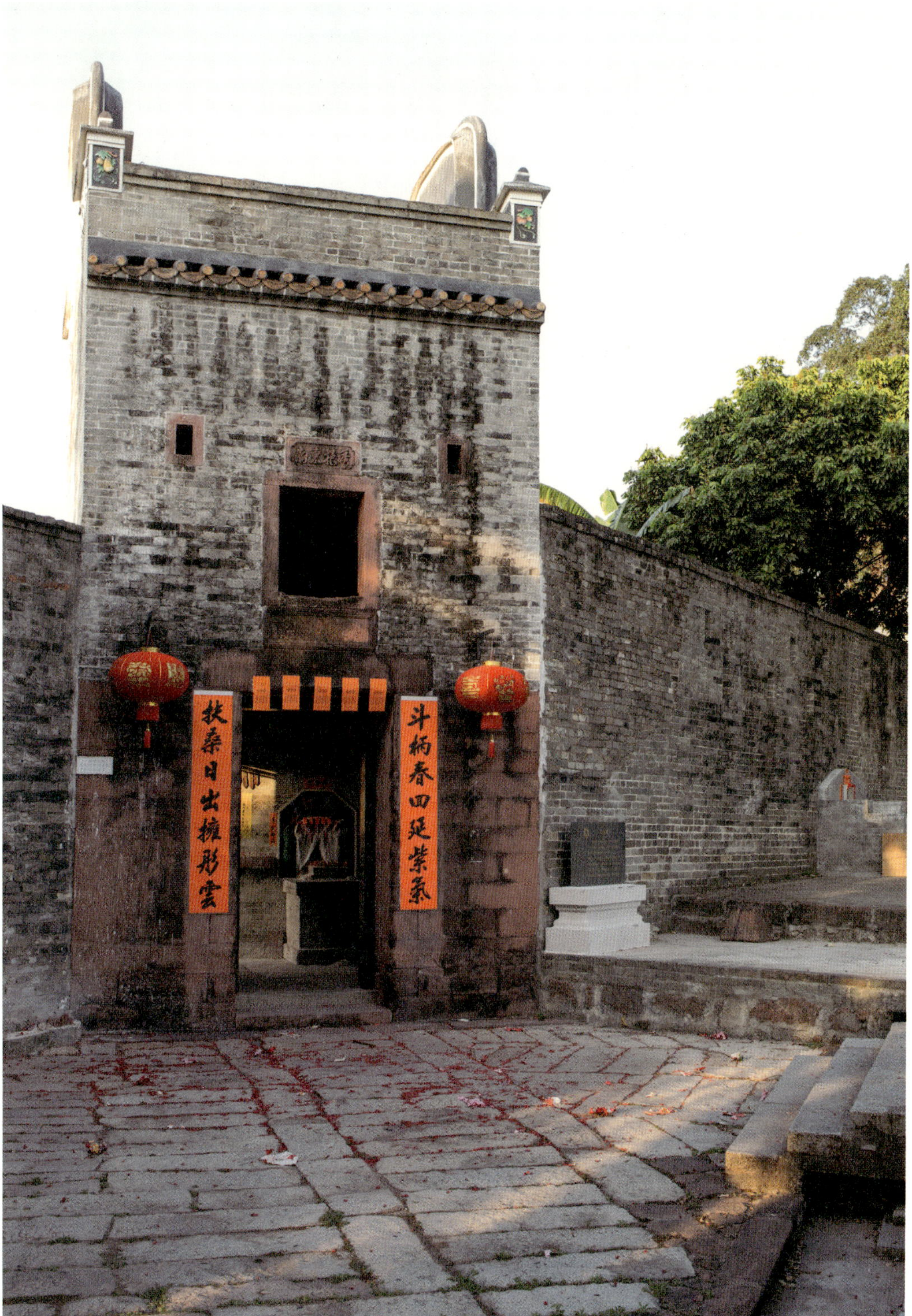
扶桑日出擁彤雲
斗柄春回延紫氣

塘尾村古屋红砂岩墙基

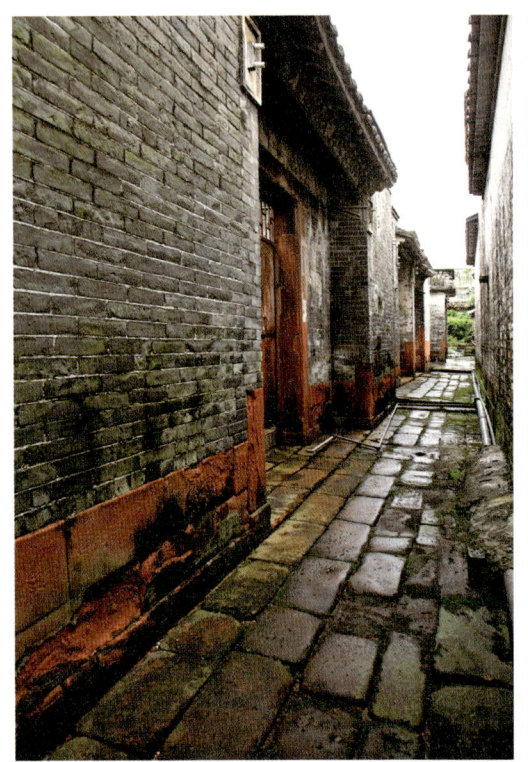

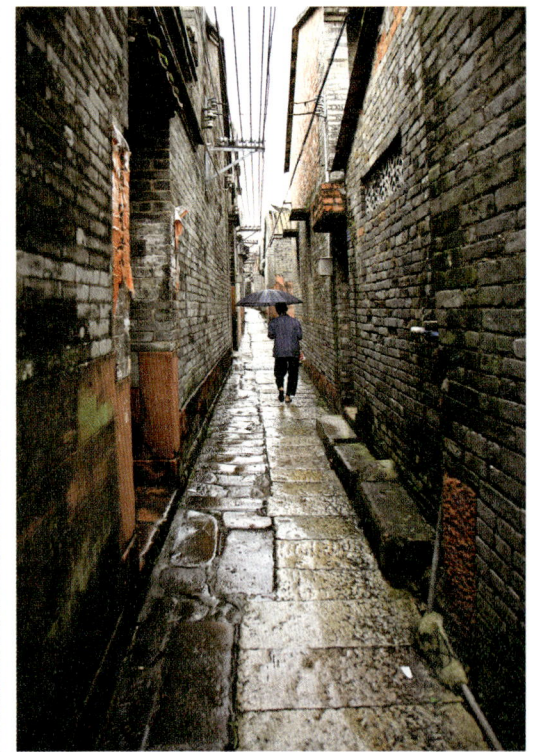

多座古民居至今仍坐落其中，21座庄重的祠堂，还配有19座书室，10眼古井和19座炮楼。全国像这样完整保存的村落并不太多，塘尾村也是全国重点文物保护单位。

　　村子依自然山势而建，现在留下的建筑，大多是明清时期建造，红砂岩铺成的石板路，做成的井沿、门框、柱，砌成的墙基，是整个村子的底色。麻石和红砂岩共同构筑的房屋，在广东的盛夏，也发出丝丝清凉。21间祠堂建筑里，除了宗祠是三进布局，其他都是二进式。而普通民居，大多就是三间两廊、三间一边廊为主。大量的木雕、石雕、灰塑建筑构件，表明这座村子的过去是殷实而文雅的。

　　围墙、围门和炮楼组成完整的防御设施，保障着村民的安全，近100年来先后抵御了不少战火，比如1944年石碣桔洲土匪的侵犯就被隔绝在外。

　　井字形网状的古巷道引着人们走进村子深处。古巷道也是红砂岩条铺就而成的，宽两米左右，街巷下听到潺潺流水声，那是红砂岩板下完整的排水渠。走在这样的红石板路上，记起燕岭采石场里，石块上的一道道刻痕，似乎能看到它们是如何从山上被"采割"下来，再用简陋的设备、交通工具被运送到这个村子里，又如何被切割打磨，拼成脚下的红砂岩之路。

几百年来，村民在上面行走，红砂岩路已经变得非常光滑，边沿长着漂亮的青苔，不时有小鸡小狗在巷子里窜来窜去。

村子红砂岩路有部分在清末光绪年间，被富绅李植宗改建为麻石，横穿围面，从东门出围到牛过荫村，可达当时的南社火车站，从北门出围可达当时的石龙渡口。

村里的古井，或是散布在各巷道旁公共使用，或是民居、家祠天井里私用，井沿大都使用整块的红砂岩挖空而成，经过多年使用变得非常平滑，内壁大多是青砖砌成，也有用花岗岩石，当然也保留着红砂岩内壁的井。现在村中还有少量居民，几位妇女坐在井边的矮板凳上，洗衣、刷竹篓和蓑衣，井水清凉，舀水洗脸洗脚，头发丝儿都凉了起来。

大名鼎鼎的李氏宗祠就在不远处，它始建于明代，是五开间三进的院子，占地面积700多平方米，是村中最大的建筑。明代成化年间，李质中举后，宗祠追远堂还挂起"文魁"的木匾。李氏宗祠中，大量的墙基、门槛、六棱形柱等，都是红砂岩做的。在二进中堂中，展览着村里人曾经使用的日常器具，有青花瓷器、木勺、饭盒、红砂岩雕以及村中历史人物的物品及文字材料。

塘尾村红砂岩古井

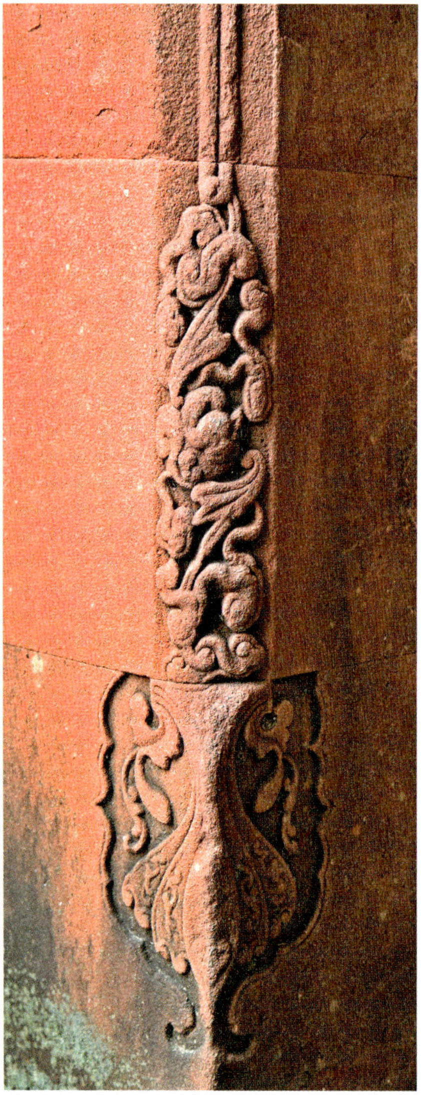

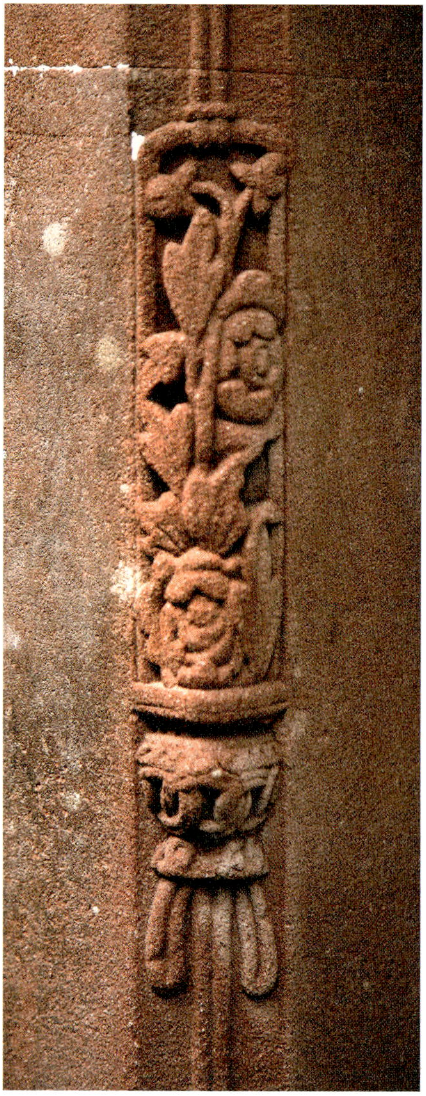

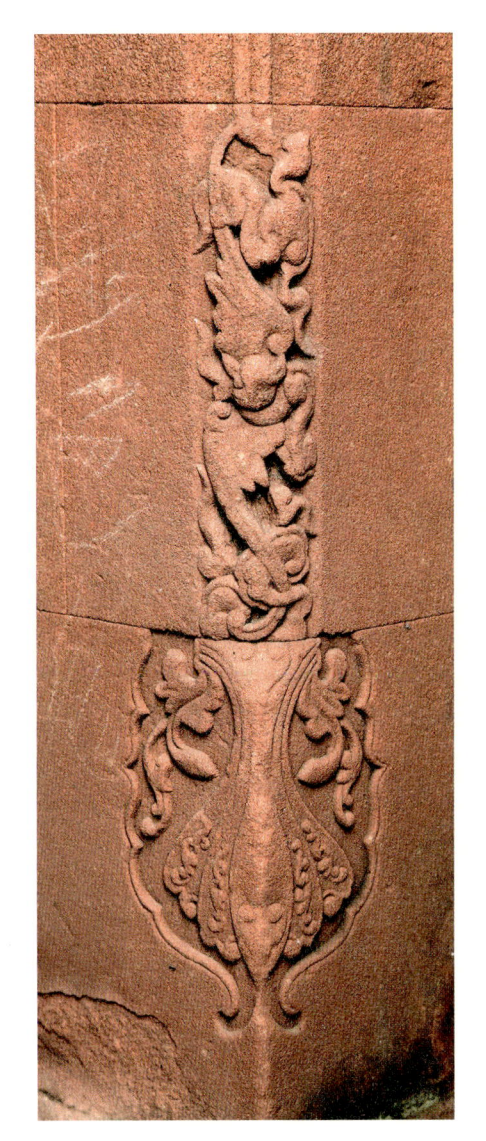

红砂岩门框石雕花

塘尾村李氏宗祠

071

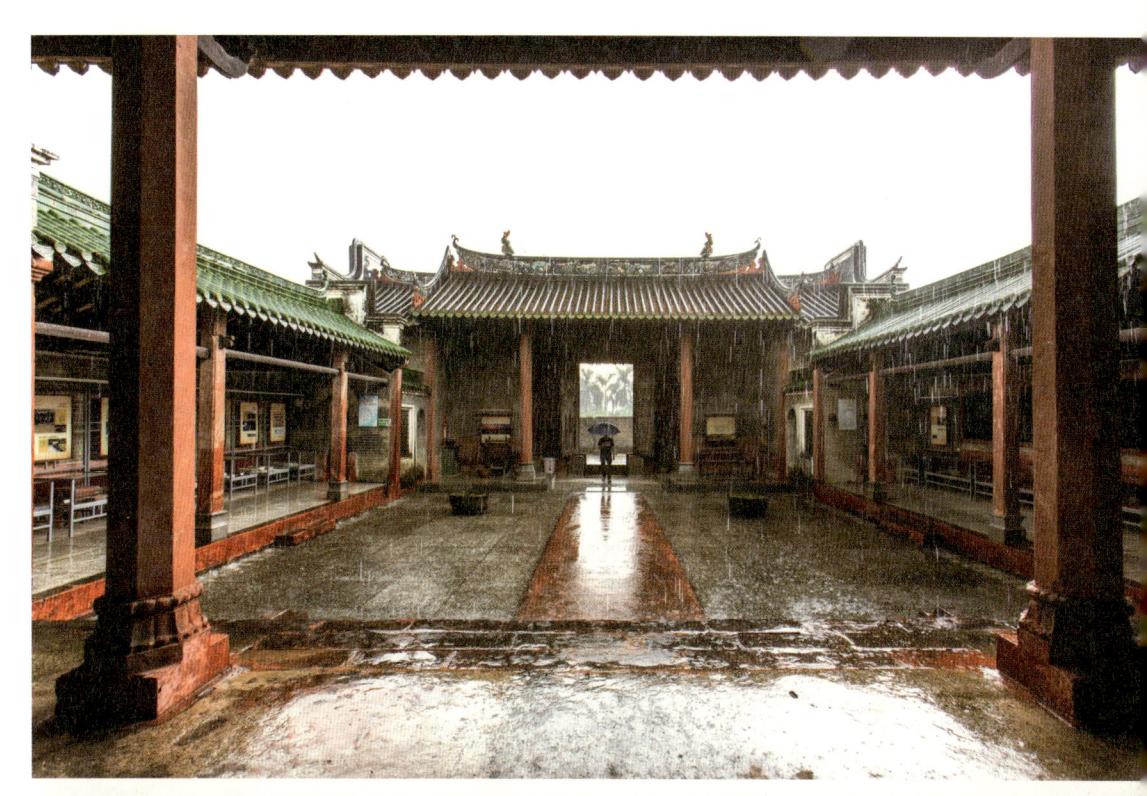

塘尾村

至今已有800多年历史的塘尾古村，始建于宋代，是东莞现存较好、规模较大的古代村落。

塘尾古村于2002年被省政府公布为第四批广东省文物保护单位，2006年被公布为全国重点文物保护单位，2007年被公布为第三批中国历史文化名村，其后又被评为广东省旅游特色村（2008年）、第三批广东省古村落（2012年）、第四批中国景观村落（2013年）、第一批中国传统村落（2014年）、国家4A级旅游景区（2016年）、第一批广东特色名村（2019年）、第二批广东省文化和旅游特色村（2020年），其民俗文化活动"康王宝诞"也被列入广东省第二批非物质文化遗产保护名录。

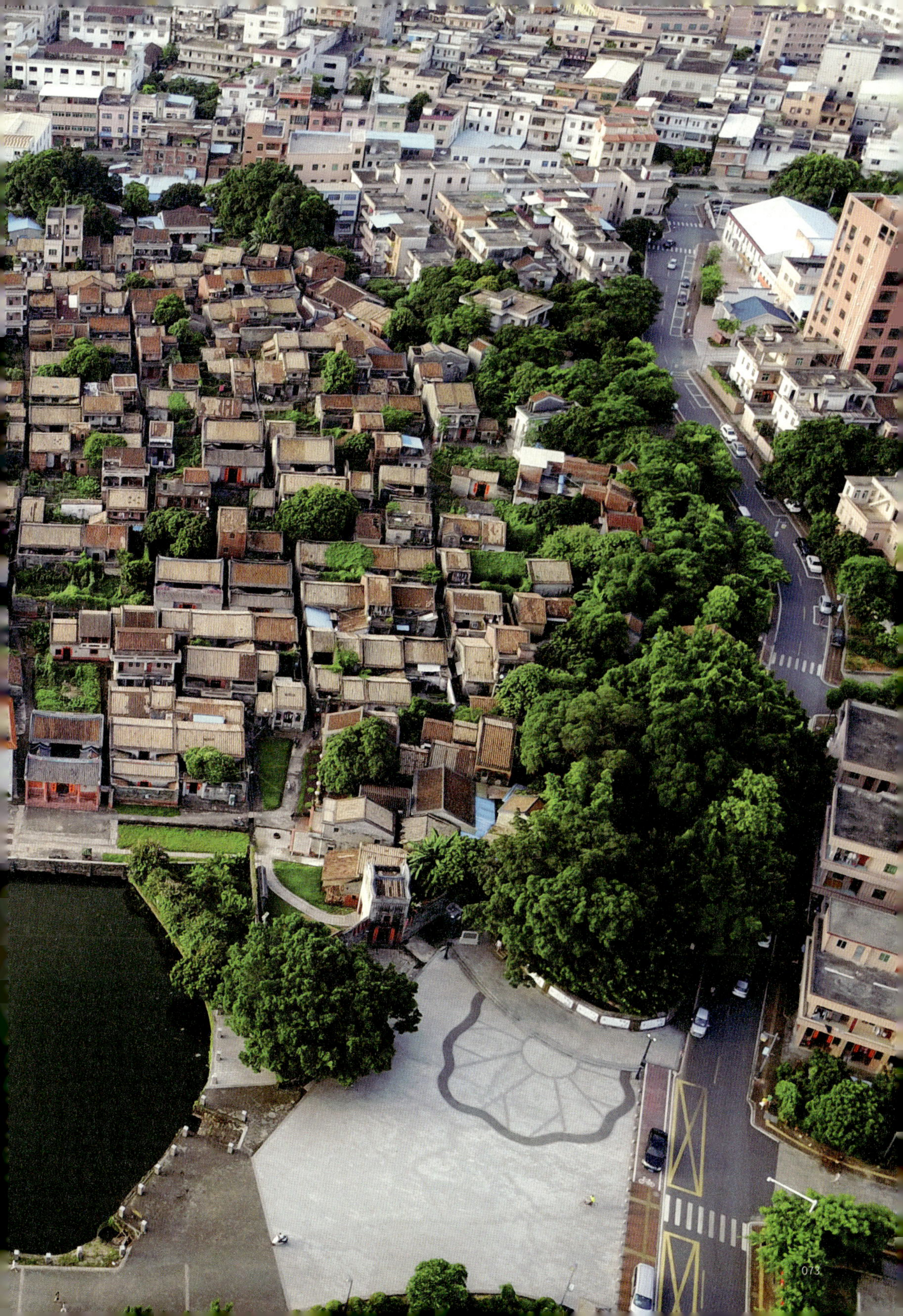

石头记

在珠三角，南雄珠玑巷的传说流传很广。

《南社谢氏族谱》记载，谢氏家族已经有千年的历史，大约传至第35代，族人谢元伟曾任广东南雄郡司马，其子谢希良也曾任职南雄州推官。为了躲避战乱，谢氏族人纷纷自南雄外迁，谢希良的儿子谢尚仁选择了东莞南社村，定居下来。

珠玑巷是开端，珠三角宗族自它而始，也留下了许多与族群相关的信息。为什么是珠玑巷，如何从珠玑巷来到茶山镇南社村，又为什么能够在珠三角建成样式相对统一的家庙？

家族的兴起与繁盛，也正是找寻历史演变的密码所在。

家庙的兴起

支柱、门框、墙角石，红砂岩托起的谢氏大宗祠，是南社现存历史最久的建筑之一。宗祠始建于明嘉靖三十四年（1555年），是三开间三进院落布局，庭院宽敞大气，每进之间都有回廊相连使三进连成一体。其中崇恩堂是院落中地位最高的地方，为家族议事大厅。大堂采用歇山屋顶，为东莞地区祠堂少见。抬梁与穿斗混合式梁架结构，二进檩条之间用卷草花纹雕刻的叉手与托脚连接，首进

南社村

075

红砂岩门框石雕花

红砂岩门枕、屋脊

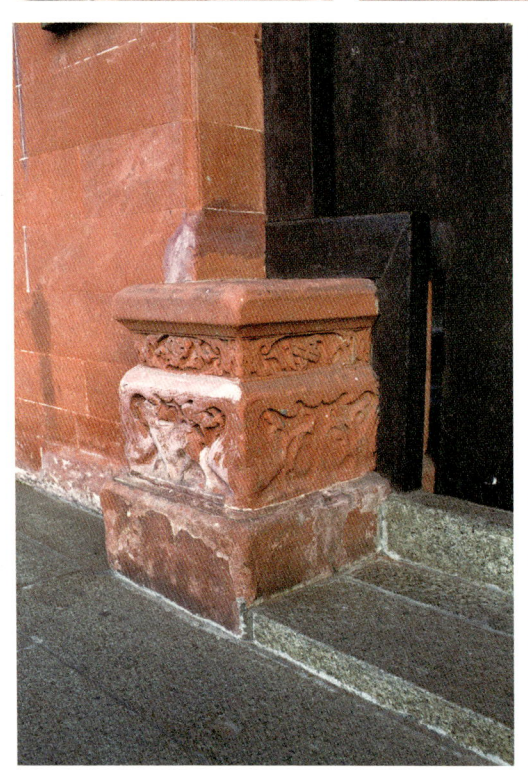

076

屋脊陶塑和二三进屋脊灰塑封檐板木板雕刻工艺精美，造型丰富。初建时留下来的香炉至今香烟袅袅。

还有一座百岁坊，同样修建于明朝中期，当时谢氏族人中有一对夫妻均过了百岁，被称为人瑞，朝廷为了嘉奖谢氏，就恩准其修建公祠，命名为百岁坊。百岁坊是一座小巧的二进建筑，门前首进是一座三层的牌坊式建筑，红砂岩的建筑主体，如意形的斗拱，梁架上有精巧的木雕，手法细腻。

17世纪的广东地区，家庙式建筑已经司空见惯，家庙祭祖也成为乡村重要的礼俗。晚清南方多兵乱，对宗族的守卫也是族人的共同利益，所以晚清珠三角的宗族活动依旧不衰。

谢家武进士谢遇奇家庙，修建得较晚，已是清朝光绪年间的事情了。红砂岩门框、墙脚石簇拥着苍劲有力的"家庙"二字，还有工艺独特的抬梁与穿斗相结合的梁架，整座建筑中精美的雕刻随处可见。

家庙沧桑古朴，大门斑驳，是一种讲述。谢遇奇随左宗棠到新疆平乱，立下赫赫战功，成为家族光宗耀祖的人物。

建筑与文化相互印证

在珠三角,一座座红砂岩筑基而成的宗祠,尊奉着相同的建筑理念,相似的建筑样式,也奉行着统一的礼仪。祠堂充满了官僚的印记:红砂岩或麻石柱子、石阶和偏殿的门楼,三进结构的第三进安放祖先灵位,墙上挂满了功名牌匾等;甚至,具有不同历史的宗族,因为赋税、户籍、居住权等原因,开始享用同一个祖先与记忆——珠玑巷传说。

南社村共培育进士4名,举人11名,秀才又42个,尤以谢元俊(正二品文官)、谢遇奇为翘楚。这一文一武两人,恰似宗祠匾额前的两根红砂岩石柱,透着骄傲,还有时间的认同。

谢遇奇家庙

南社村谢氏大宗祠

南社村百岁坊

082

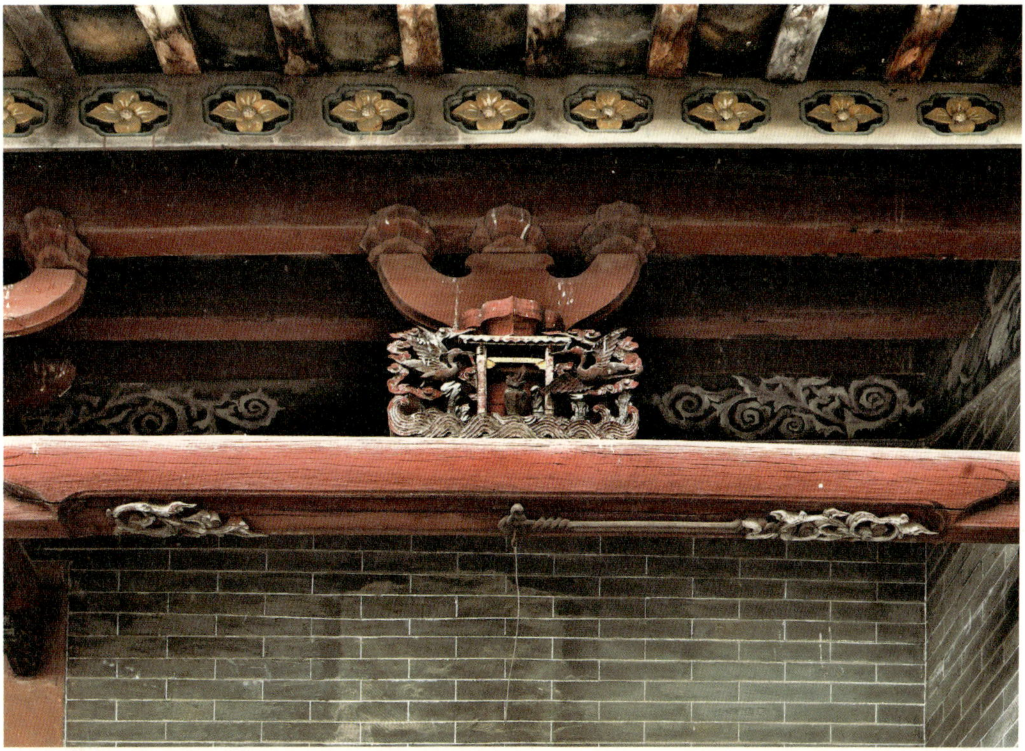

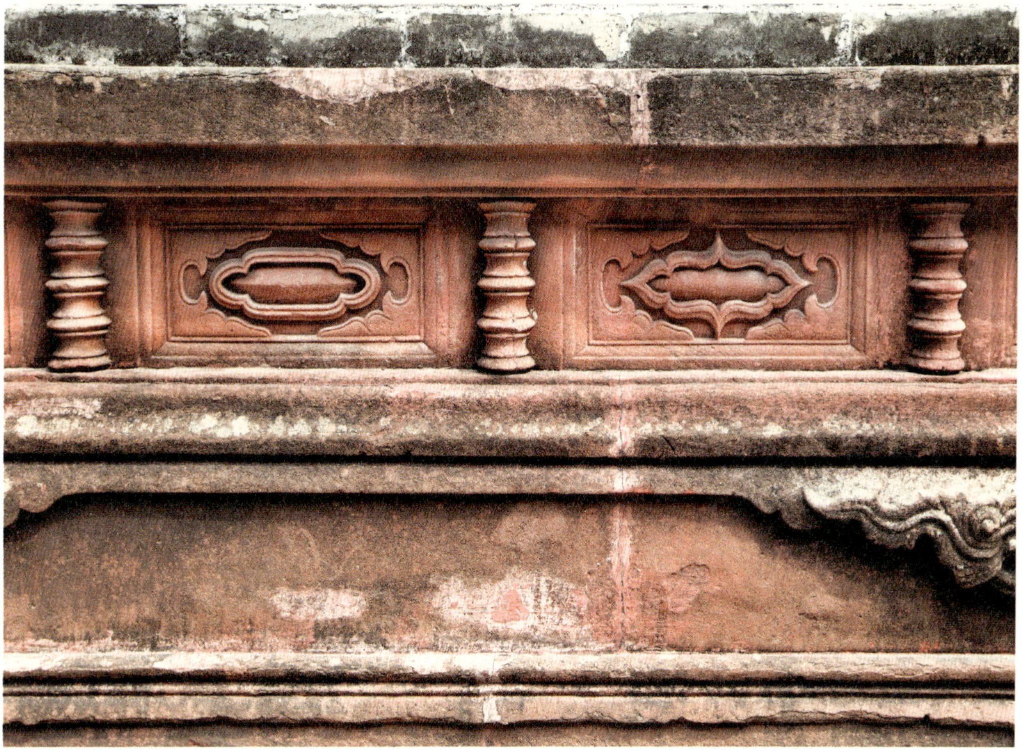

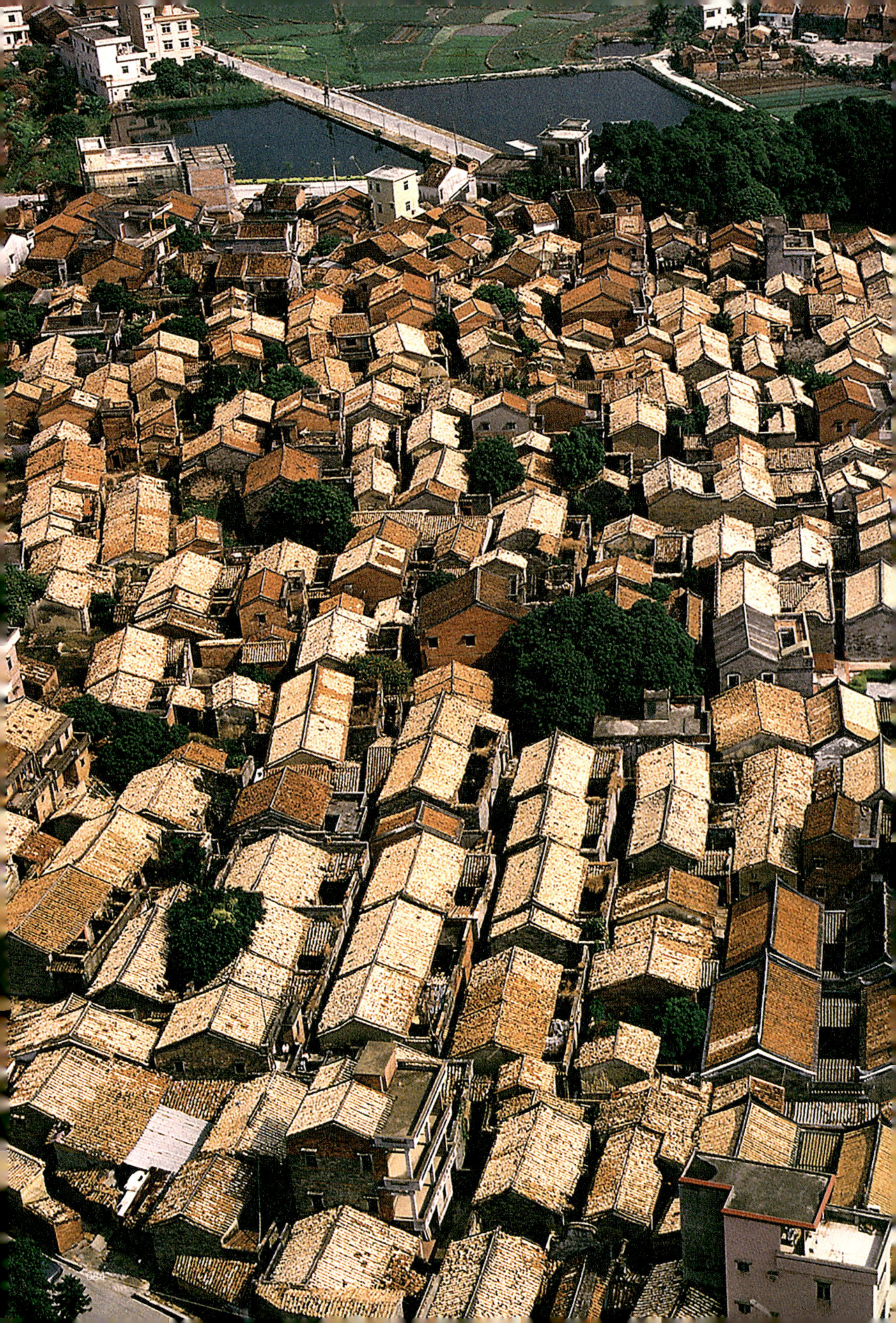

南社村

　　南社村位于东莞市茶山镇,已有800多年历史,具有浓郁珠三角古村文化景观,由民居、祠堂、书院、店铺、家庙、古榕、楼阁、村墙、古井、巷道、牌楼等丰富的元素构成。村落现存祠堂达22间,古民居达200多间,明末清初的建筑比较多,而且保存完好,还有大量石雕、砖雕、木雕、灰塑及陶塑建筑构件,具有较高艺术价值。

　　南社村荣获全国重点文物保护单位、中国历史文化名村、广东最美丽乡村等称号。2019年南社村入选首批全国乡村旅游重点村名单。

可园

可园 他留下了

张敬修戎马倥偬半生，营造出可园，他本意当作后半生的退隐之地。

这座园子，他总是看不够。筑园的红砂岩，艳丽的色彩像他拼尽一生的荣耀。

不只是座园子

张敬修死于一个时代的混乱，他进取的生命无可避免地与乱世四起的狼烟紧密联系在一起。无论太平天国，还是各地图谋作乱，他都争先向前，尽可能维护国家的尊荣，正如他念念不忘"邀山入怀"的姿态。

"居不幽者志不广，览不远者怀不畅"。他是传统的士大夫，武将文姿。他辞官回乡兴建可园之时，挂在大门口的，是"未荒黄菊径；权作赤松乡"，想像陶渊明那样退隐田园，种菊度日，也想像张良那样隐居山林，与世无争。

咸丰年间，皇帝的钦差来了，他立即丢下正在修建的可园，督师东江。1861年，咸丰皇帝再次征召，张敬修带着伤病去江西上任江西按察使一职。

张敬修虽然官至从二品，算得上是功成名就，但比起他悉心建造的可园，后人有谁记得他为官、为将的功绩呢。

可园建成后，酷爱金石书画的张敬修广邀文人雅士，到此挥毫泼墨。当时的著名画家居巢和居廉，在此客居达十年之久。二居在园中传授画技，对后来的岭南画派产生了深远影响。岭南画派在中国画的基础上融合东洋、西洋画法，自创一格，着重写生，多画中国南方风物和风光，章法、笔墨不落陈套，与京津派、海派三足鼎立，成为20世纪中国画坛的三大重要画派之一。

他留下了可园，成就了居巢、居廉和后来的岭南画派。在此意义上，可园远远不只是一个私家园林，说它是岭南画派的策源地也未尝不可。

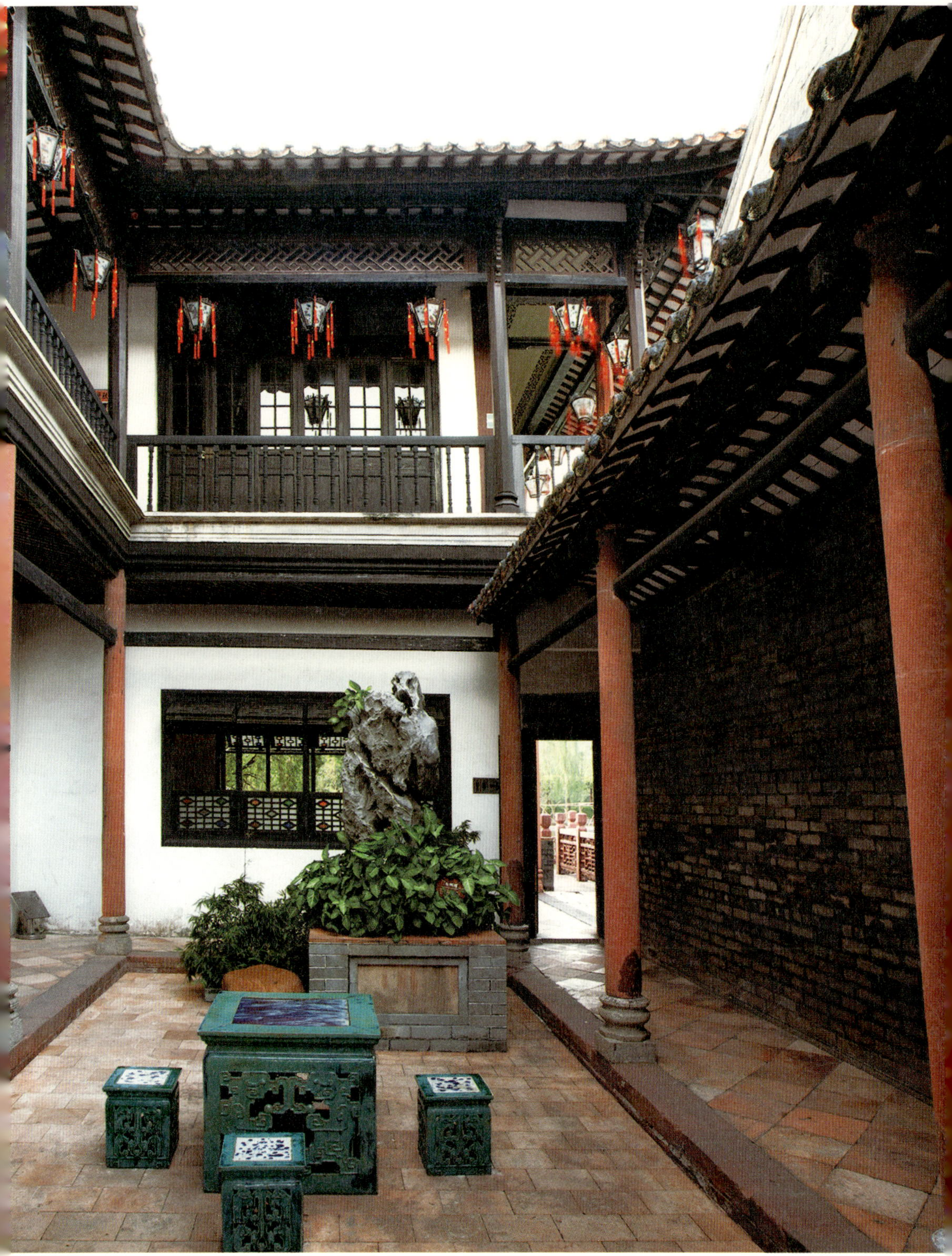

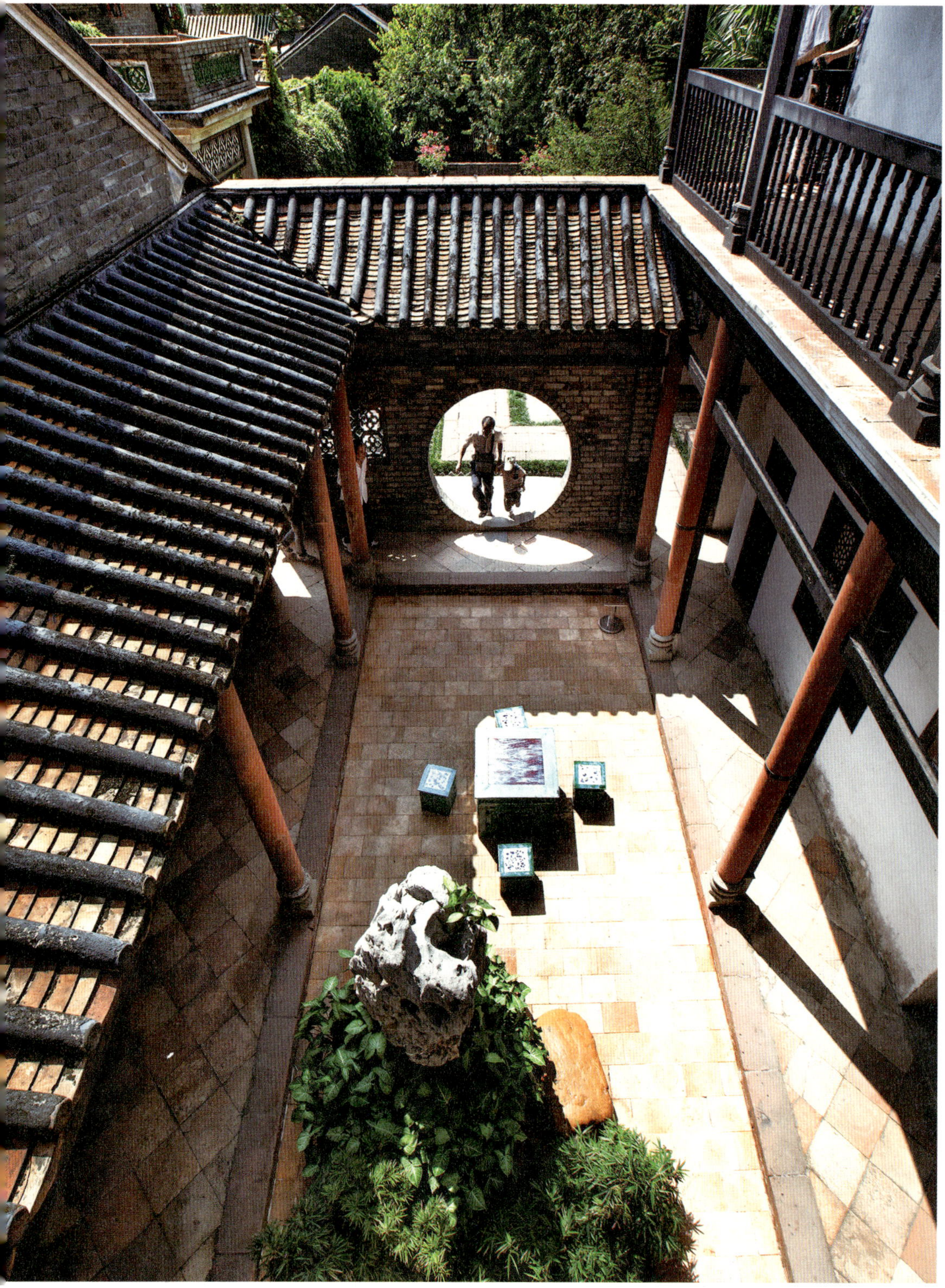

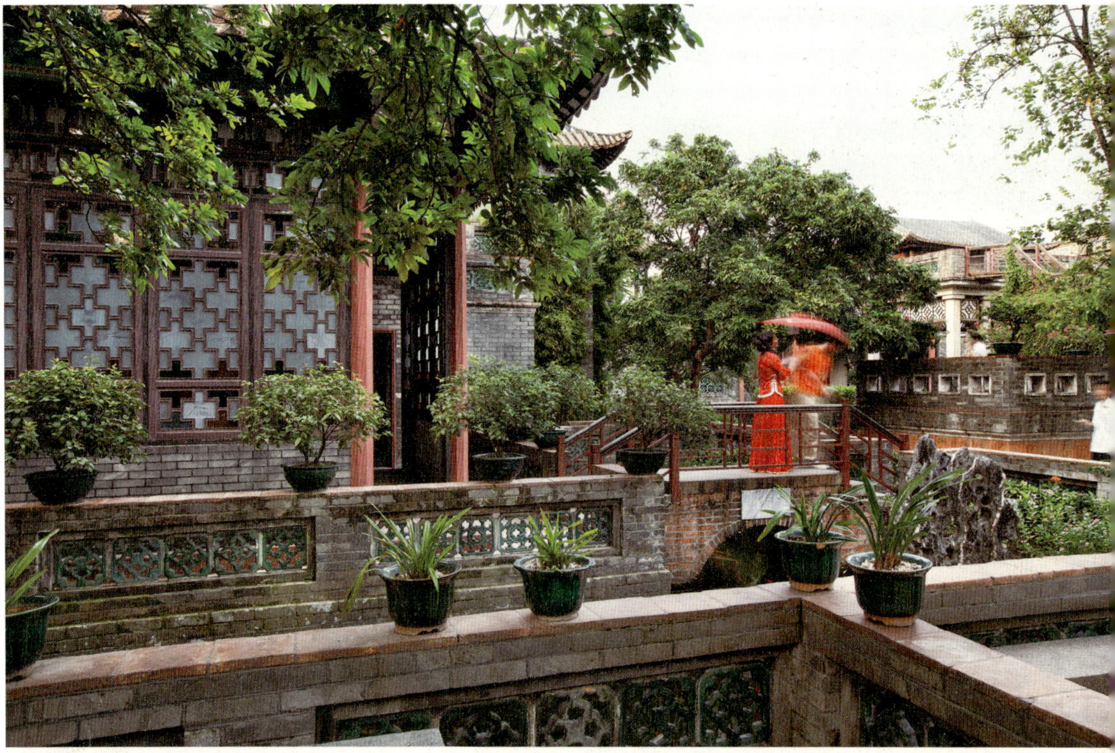

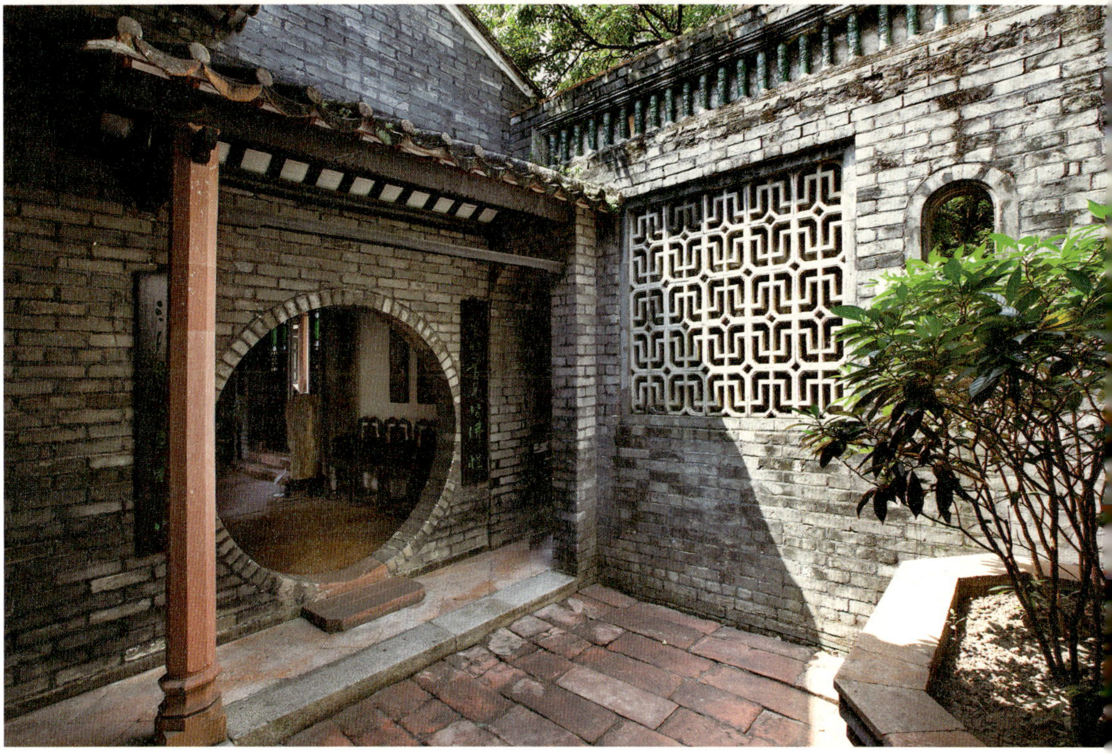

像是园子的呼吸

  红砂岩是极具性格的建筑材料，它不仅有厚重的色彩和对岭南气候的适宜，而且它较花岗岩等常见岩石更便于取材和易于雕琢。

  漫步可园，一片绿意盎然之中，红砂岩总是恰到好处地出现。正要经过擘红小榭，又见红砂岩夯筑的台基。这绿荫中的一抹红，

可园湖中红砂岩曲桥

浓郁、舒展，就像园子的呼吸，让可园有了不一样的属性。

100多年来，可园几经修缮重整，整体格局并未有太多变化。整个园子在传统岭南园林理念下，被重新修复，焕然一新。只有看到那剥落的红砂岩墙基，风化的红砂岩柱基，才知道时间已流过了一个多世纪。

寻找保护方式

　　中国的传统建筑更加注重外部空间的创造，像可园，或者宗祠、家庙，都是置身在"群"的概念中，营造出中国建筑的灵魂。

　　使用红砂岩做构件，是岭南古建筑的特色之一。岭南属亚热带海洋性季风气候，春夏季降雨较多，秋冬季降雨较少，四季潮湿、干燥交替。红砂岩结构疏松，在这种气候条件下，经反复吸水、失水后，内部结构容易被破坏，表面硬度下降，承载力也随之急剧下降。当承载力下降到一定程度后，红砂岩文物就开始破裂，微生物或苔藓类随之吸附生长，也加速了红砂岩文物的风化。

　　可园的科研人员一直在进行红砂岩文物保护的小实验，比如渗透加固处理，比如憎水封护处理，通过这些实验，科研人员一直亟待实现技术的重大突破，也在寻找最为适宜的保护方式，尝试着为红砂岩延续生命。

可园

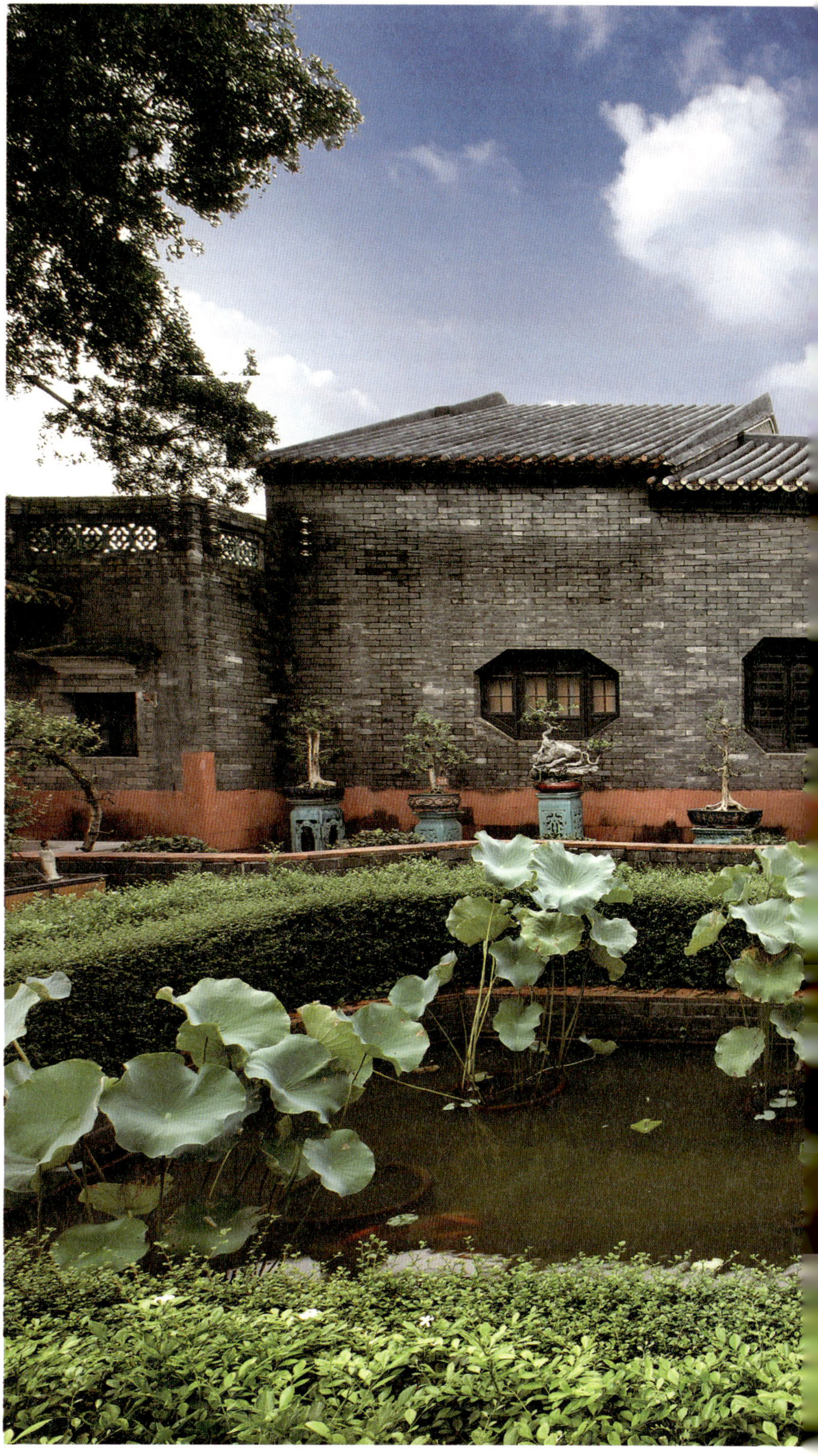

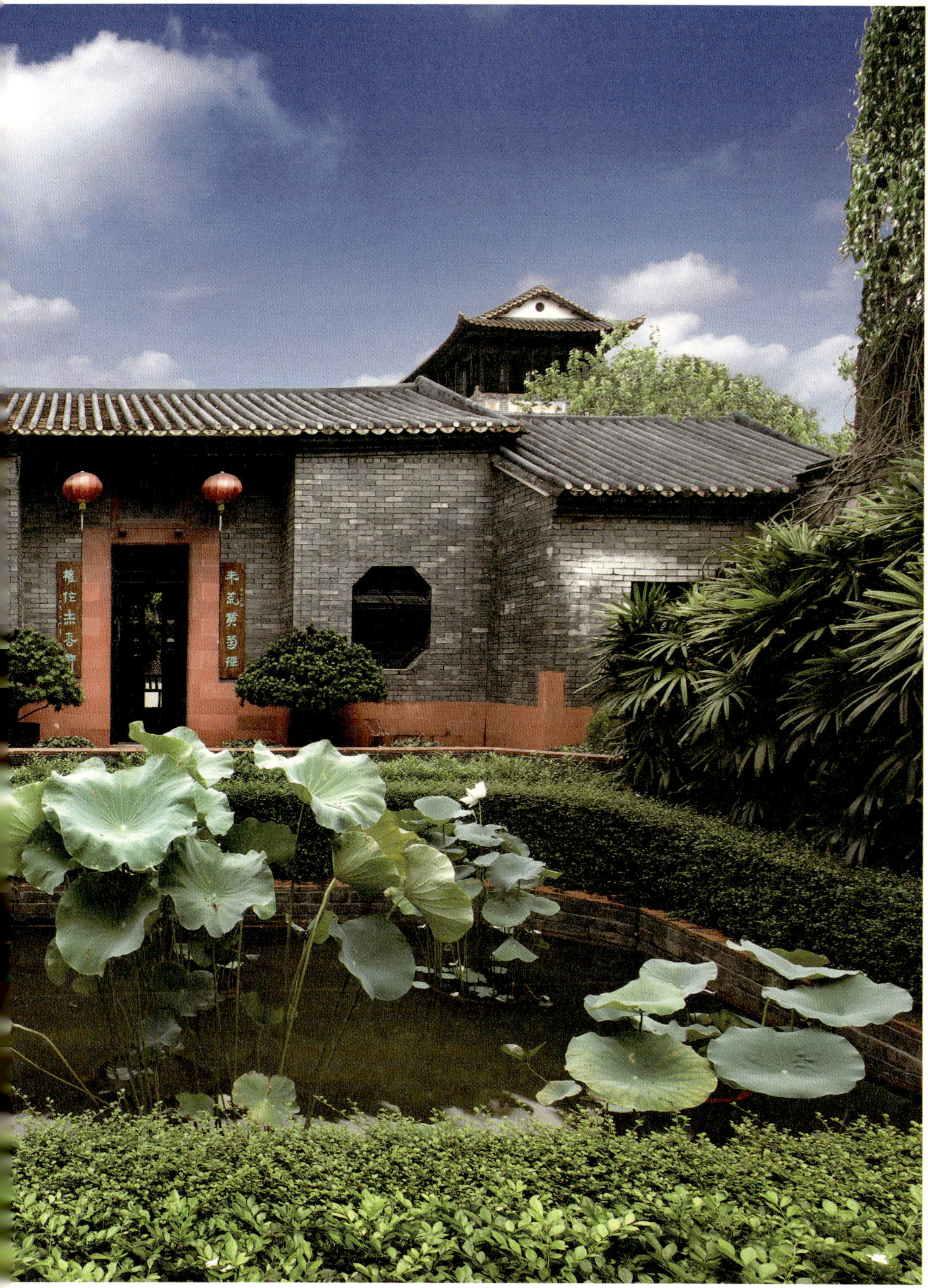

打磨出来的红石古寺

炎热的盛夏，要在燕岭附近乡间行走，非得喝一口糖水才能缓过来。

每走一段就能看到祭祀土地公、土地婆的石龛，多半用青石或红砂岩砌成。榕树像是从远古时就在这里生长了，巨大的根系包围着土地公婆的石头房子，像是士兵守卫着他们。

土地公婆象征着一方土地的兴盛，当然要用红砂岩雕琢，吉利喜庆地端坐在壁龛之中。红砂岩石质松软，不便雕刻细致的图案，土地公婆衣着上的花纹往往是绘上去的。壁龛两边的对联写着"公公公十分公道，婆婆婆一片婆心"，横批则是"福德宫"。土地公婆两侧往往还放置着红砂岩雕刻的神兽，经过风吹雨淋，面目模糊，已辨认不出是什么动物了。

在林边、路旁，红砂岩神兽也十分常见，有的甚至非常高大，身上已长满青苔，倒像是有了生命一般。

每家老房子或多或少都使用了红砂岩，至少墙基、门框是普遍采用的。讲究一点的家庭，还用红砂岩做石匾甚至石雕，点缀一片红，好意头就到了。

村中的红砂岩是不娇气的，经过风吹日晒，剥落了也就剥落了。刀子剪子不快了上去磨磨，猪啊牛啊身上痒痒了也上去蹭蹭，村落里的红砂岩，留下的每一条痕迹都是使用者的故事，使用者有人类，有动物，当然也有坏天气。

转角遇见古寺

　　从车马喧嚣的石排镇太和路绕进一处清幽之地，一样的气温一样的湿度，这里却感觉凉爽些，微风吹拂，高大的榕树沙沙作响。云岗古寺就坐落在这里。

　　云岗古寺旁边有个洪圣宫，二进的格局清晰可见。在古寺右边，有一处建筑已经坍塌，因为经历过火灾，横梁、墙体都被烧黑了。那儿原本是一座文昌庙，云岗古寺、洪圣宫和文昌庙，曾是一体的。

　　云岗古寺代表佛教，洪圣宫代表道教，文昌庙代表儒家，儒释道三教合一，体现了中国兼容并包的民间信仰文化。这种文化，曾经在魏晋南北朝及两宋间发展到顶峰，如贵州的青龙洞古建筑群、山西的悬空寺，都是三教合一建筑的代表。

　　所以在这座三家庙中可以见到一个佛龛，供奉着观音菩萨的同时也供奉着道家的各位神仙,当然还有各类民间地方神祇。在庙堂里,各位神仙其乐融融,鲜花瓜果,香火很旺。

　　寺院里的人说,周边村民家家都要供奉神仙菩萨,搬了新家,要请更大的新神像,旧的也不能不恭敬,便送来寺院。就这样,寺院的神像越来越多,干脆就供奉在一起。

　　走过洪圣宫,里面播放着道教歌曲。转身来到云岗古寺,听到的又是佛教歌曲了。

曾经繁华

　　在古代,云岗古寺所在地叫云冈乡。云冈乡可真不小,埔心、谷吓、塘尾、燕窝等7个村落都属于这里,后来云冈改为云岗,古寺的得名应该就由此地名而来。据说,云岗古寺也是由这7个村的村民出资建造。

　　历史上,云岗古寺香火最鼎盛的时候,曾是石排一带的中心,寺前的长街上商业兴盛,饭庄、旅社、茶楼应有尽有。老人们的回忆里,从这条繁华街道进入古寺,先要经过一处牌坊,再跟随青砖地面一路往里走,就来到古寺了。

云岗古寺

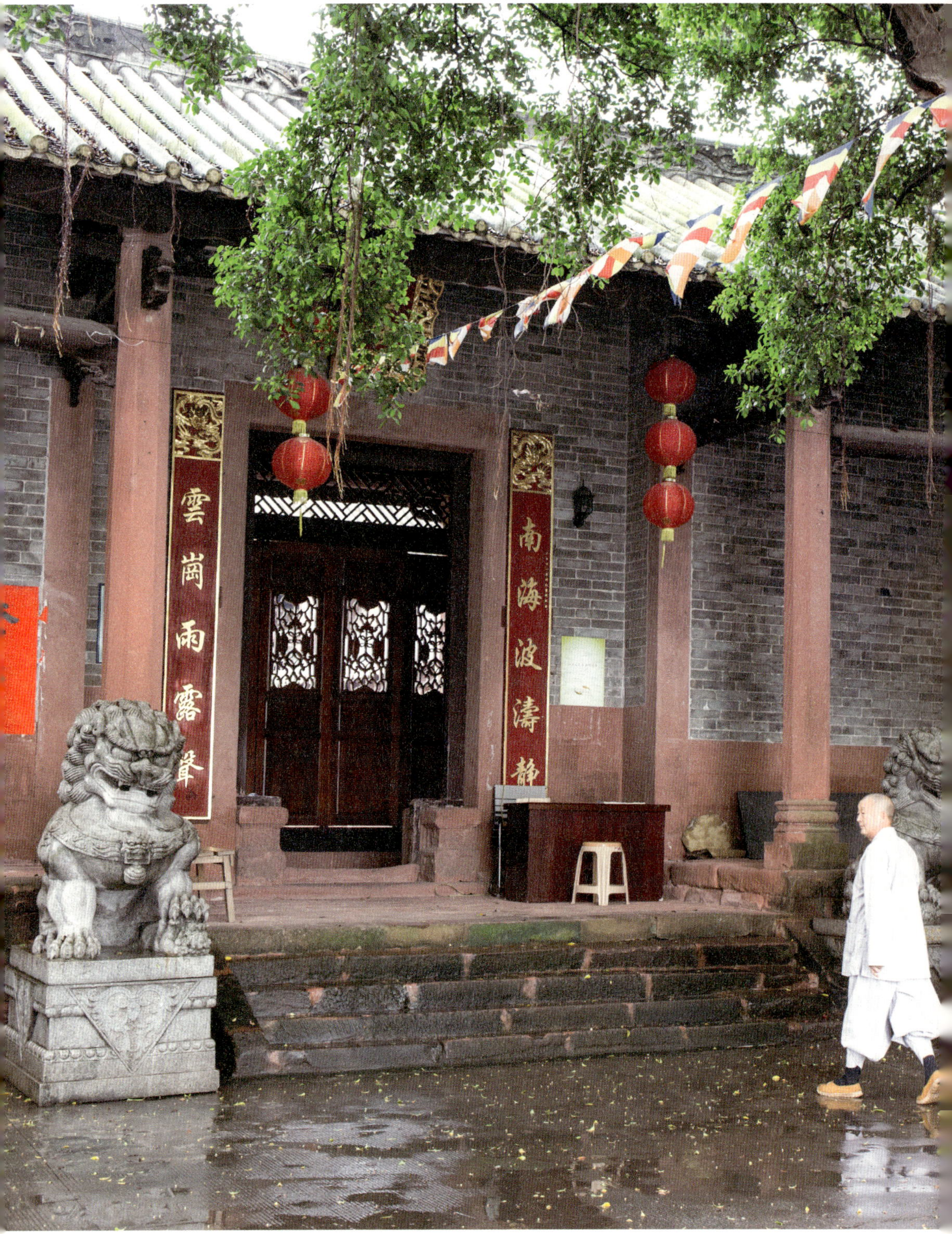
雲崗雨露
南海波濤

云岗古寺第一进的横梁上有一行字，上面写着"大清雍正二年岁次甲辰九月吉旦合乡众信鼎建"，字迹已经十分模糊，肉眼不大能够分辨。而在古寺二进横梁上刻着"大明弘治十六年岁次癸亥昭阳季冬穀旦合乡信士重建"的字迹，则清晰可见。再到三进，横梁上写着的"清顺治十一年岁次甲午十二月初八吉旦合乡信士重建"字样。当地文化部门的工作人员说，这些证据说明，古寺在大明弘治十六年（1503年）之前就已经存在很久了。

历经500多年，云岗古寺一度破败，几次重修。到清末时，这里成了社学，叫"云岗社学"，据说是湘军名将王德榜改建的。民国《东莞县志》中曾提到，光绪七年（1881年）王德榜去广西就职时途经石排，回乡祭祖，招募一批学子建立了云岗社学，让贫困子弟也有机会读书认字。可见东莞人兴师重教之风，贫困家庭依然送孩子去念书学习。

得益于云岗社学，当地出现了不少秀才、举人。埔心村的一些老人曾说，自己小时候就在云岗社学读过书。20世纪80年代，这里还曾一度办学。直到各村镇开始兴建学校，云岗社学才彻底废弃不用，淡出了人们的视野。

演然的红石庙

  2000年，释演然受宗教部门委派前来管理云岗古寺。他还记得刚到这里任职时破败的情形："寺庙的破败程度，是我没有想象到的。庙里四处漏水，随时有可能坍塌。村民在里面养牛，乞丐也住在里面。寺庙门前堆满了生活垃圾，整整花了两个月才把垃圾清走。"

  翻修古寺，成了演然上任的头等大事。他请来文物修复专家，想将古寺原有的风貌恢复起来。他说，原来古寺的主要建材就是红砂岩和青砖，重修要修旧如旧，需要大量红砂岩、青砖，最好去收集旧的石料和青砖。于是，村子里翻新民居时丢弃的石料他就买回来，或者捡回来。到后来，演然远近闻名，大家都知道有个寺院和尚翻新寺庙需要红砂岩料，人们有石料就直接联系他。

  漫长的重修工作，一直与红砂岩密切相关。

  古寺里一块红砂岩碑刻让演然和尚记忆犹新。碑刻残缺，长约1米，宽0.5米，似牌坊的形状。2009年重修洪圣宫时，挖地基的工人发现一块大红砂岩，因为埋在土里，看不真切。工人一看，这么大一块，切开铺地面岂不很好？于是用工具分成了四块，放在墙角。当时已是傍晚，工人下班后，演然看到这几块破碎的大石头，在月光的映照下，显出凹凸不平的纹理。他觉得诧异，正常石料不会有这样的凹凸阴影。演然请人清理修复后才看清，这块石碑不仅刻着八仙图案，上面的刻字依然清晰可见，大意是有个人在古寺许愿，后来灵验了，就做了块碑还愿，落款的时间是明万历三十三年(1605年)。

  收石头靠缘分，留住石头，也是靠缘分。演然讲起十几年前寺里收来两只完美的红砂岩狮子，石狮子就放在院中。一天午休时间，恰好那天演然没有休息，恰好走过寺院门口，又恰好遇见几个人开着货车和吊机停在门口，正要吊走两头石狮子，演然走过去厉声质问，几个小偷才灰溜溜地走了。两头石狮子保留至今，在门口静静地坐着。

  历经前后10年的重修，云岗古寺恢复了往日的宁静和古朴，香火又重新旺起来了。

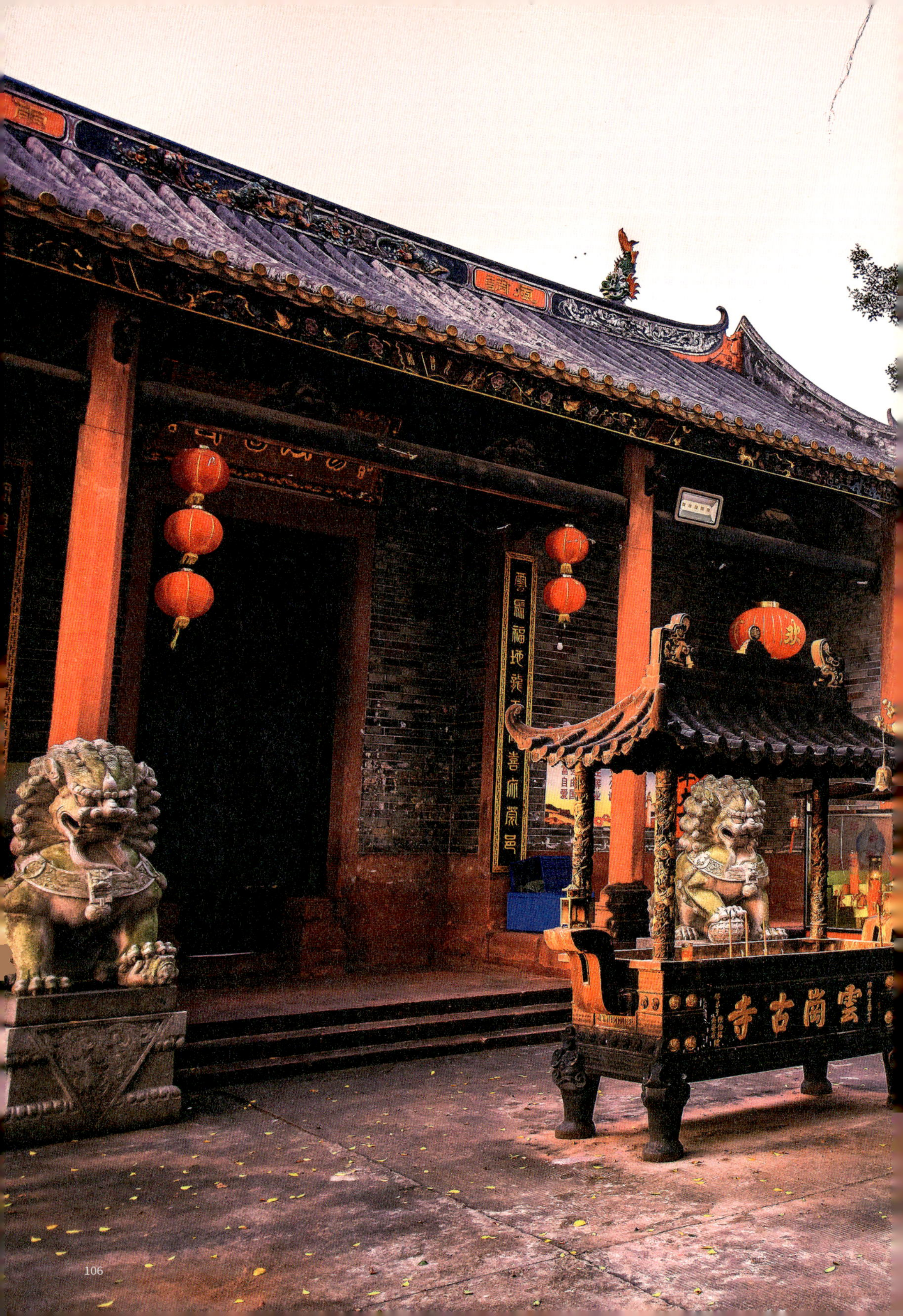
雲崗古寺

云岗古寺

融儒道佛三教的云岗古寺建于宋朝,具有较高的历史、艺术和科学价值。2004年,云岗古寺被列为东莞市文物保护单位,由专家出设计方案,复原古寺原貌,进行修善。2006年,云岗古寺动工重修,2012年,成为广东省文物保护单位。

红砂岩石雕

红砂岩石础、地面

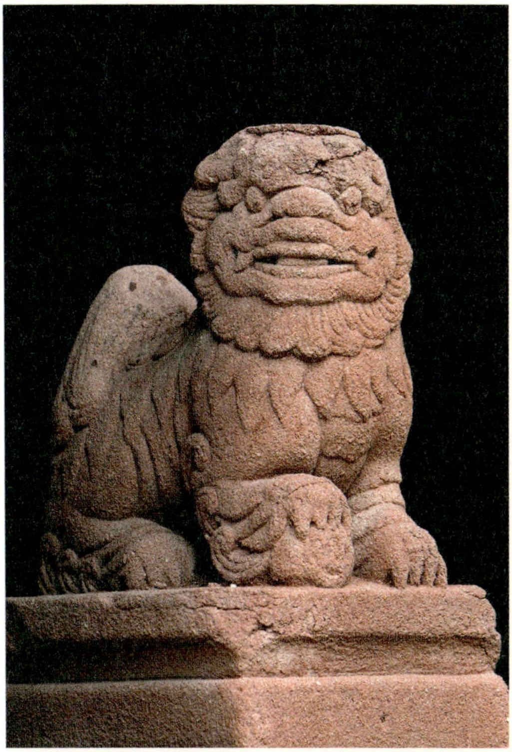

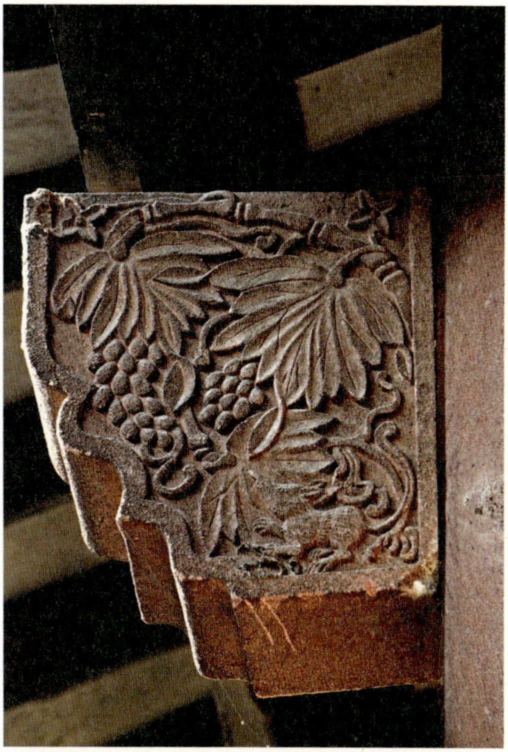

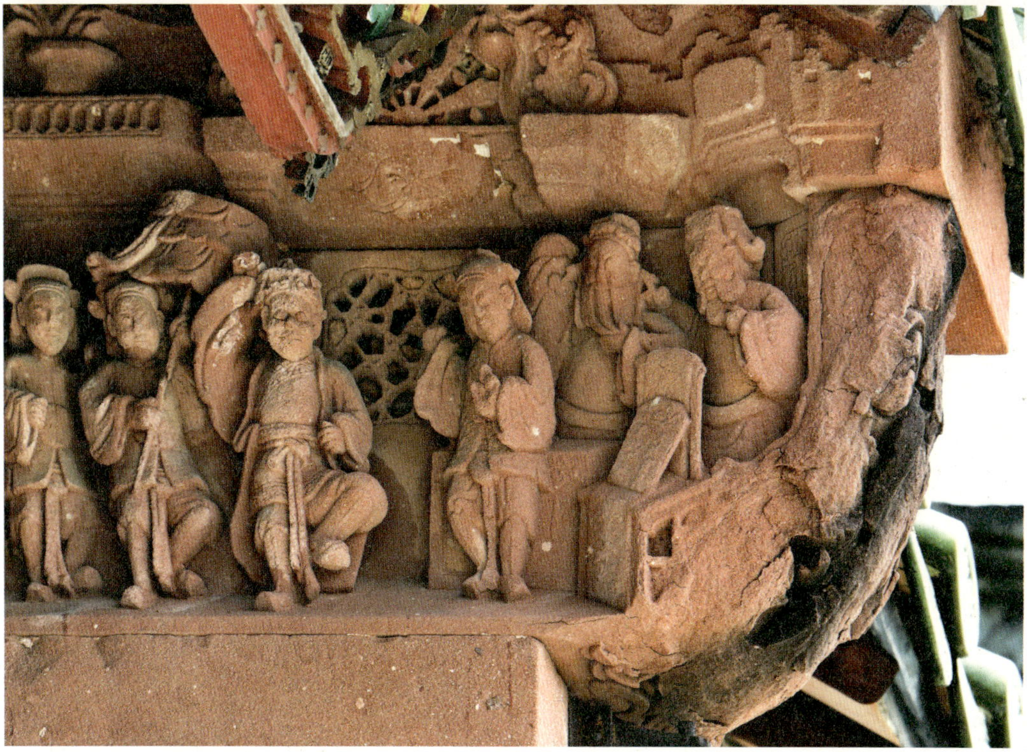

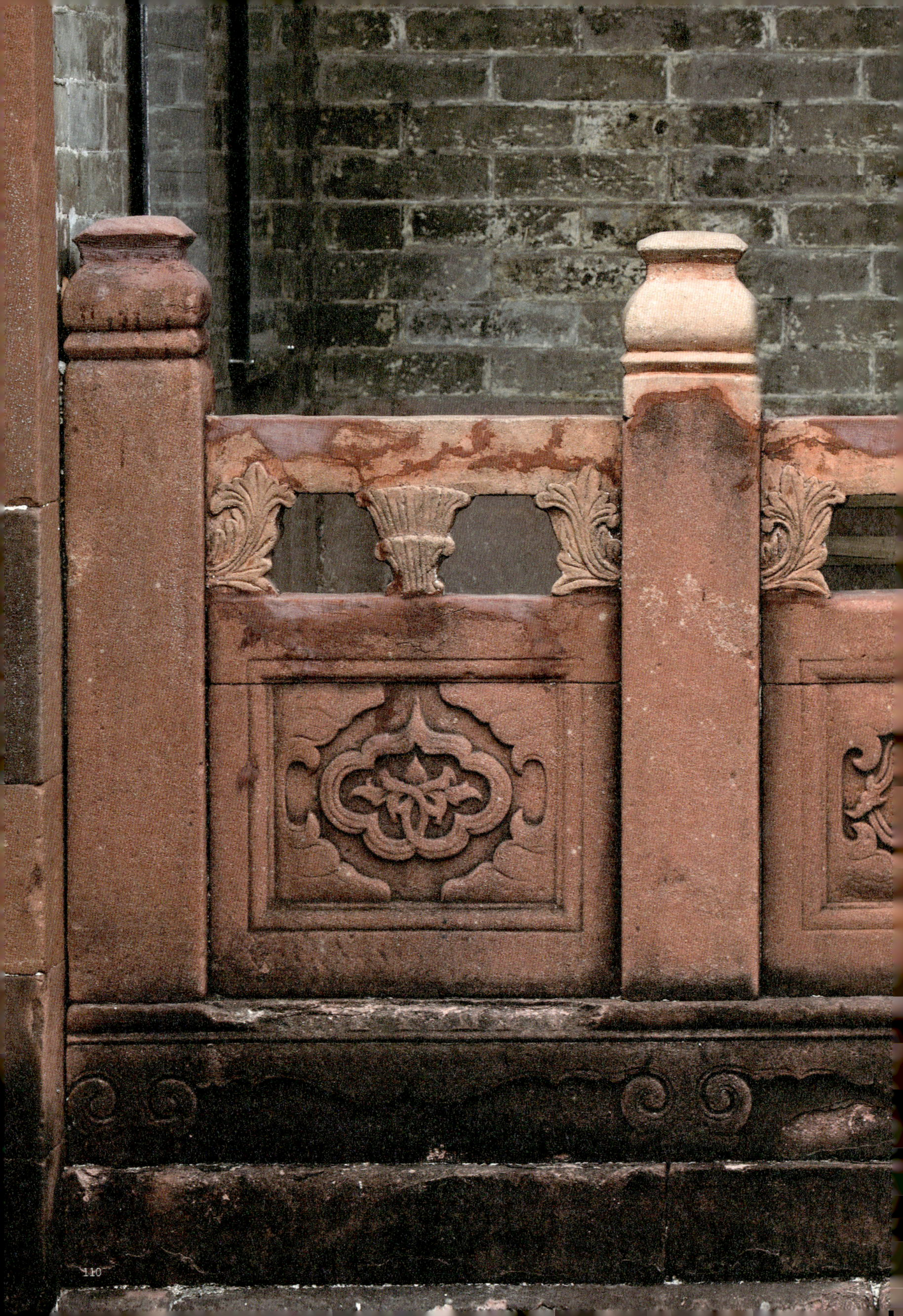

红砂岩围栏

CHAPTER THREE
穿越的千年

叁

红色砂石,
给湿润的城市,
以丹霞之美。

浓烈的
空间

时隔30多年，建筑院士何镜堂依然记得他和莫伯治为广州西汉南越王设计博物馆的那段日子。

如今去到西汉南越王博物馆，人们都会被这座深邃古朴的红色博物馆所震撼。整个博物馆紧贴寸土寸金的广州市繁华地段，依山而建，占地面积1.4万多平方米。按照参观西路线，拾阶而上，岭南历史尽在其中。

南越王穿越千年

今天的人们可能不知道，在历史学界，南越王墓的发现，刷新了对岭南历史的认识。

1983年6月9日，广东省政府下属施工单位在削低17.7米的象岗山顶部开挖公寓楼的墙基时，发现一块块平整的大石板，好像一处地下建筑。经过考古学家认定，这是西汉时期的墓葬，而且是一座岭南首次发现的汉代彩绘石室墓。

墓室埋藏在象岗顶之下20米深的地方，用500多块红砂巨石筑成，分前后两部分，中设2道石门。墓主葬具为一棺一椁，安放在主室正中。墓中不仅放置了诸多奇珍异宝和生活用品，还随葬了

15个殉人。

南越王墓和随葬品是南越国的重要历史遗存，对研究秦汉时期岭南土地开发、生产、文化、贸易、建筑等状况以及南越国历史等方面都具有重要价值。这里也成为全国重点文物保护单位。

触摸故乡的红石墙

面对这样古老珍贵的墓葬，要怎样的博物馆建筑才能与之匹配？1986年，何镜堂和莫伯治作为这个项目的负责人，为这座建筑的设计倾注了无数心血。

博物馆在外形、装饰和材料方面的用心，是何镜堂记忆犹新的。

当时何镜堂刚刚从北京回到广州，与他一起接手这个项目的是比他大20多岁的建筑大师莫伯治。建筑结构设计结束后，两位大师却卡在外立面上"动弹不得"。在解放北路的山岗上，给出的建筑长度才36米，相邻两侧都是高层建筑，象岗山由于多年基建土采掘，墓室以上的山岗已经被削平，露出墓室顶盖大石和一片平地。这样小体量的建筑，在周围的高楼大厦中稍不注意就会被削弱了气势。博物馆要显眼，但又得是个尊重历史、有文化感的古朴建筑，因此外立面尤其重要。

　　正巧何镜堂与莫伯治两人都是东莞人。他们偶然想起，东莞家家户户墙基、门槛、墙柱常常使用的红砂岩。它红而不艳，质地粗砺不光滑，还正好是地方材料，只有岭南部分地方会规模使用，它还如此气质高雅而有历史感。恰好又有考古专家告诉他们，南越王墓室的地宫就是用红砂岩砌成的，这说明当时本地人已经开始使用红砂岩作为建筑材料了。

　　如此看来，红砂岩不正好是做外立面的绝佳材料吗？两人很快达成一致。

　　红砂岩石墙饰以的巨幅浮雕，则是由中国雕塑大师潘鹤设计雕刻的。一对8米高的男女越神头顶日月，赤足踏蛇，象征着驱逐邪恶，这是南越文化的图腾；脚下的龙纹图案，又象征着汉文化。一对巨人站立在大门两侧，如同守护的门神，瑰丽奇幻；左右分别盘踞大石虎，威武凶猛，呈现欲跃之势。

　　三位大师合力，将红砂岩与南越王墓完美结合起来，颇获各界好评。文物与建筑界普遍认为，这是一组尊重历史和环境、有较高文化素养、在建筑艺术上有独创性的创作，不仅布局合理，构思独特，造型与历史文化内涵沟通，又体现了现代建筑的特征。

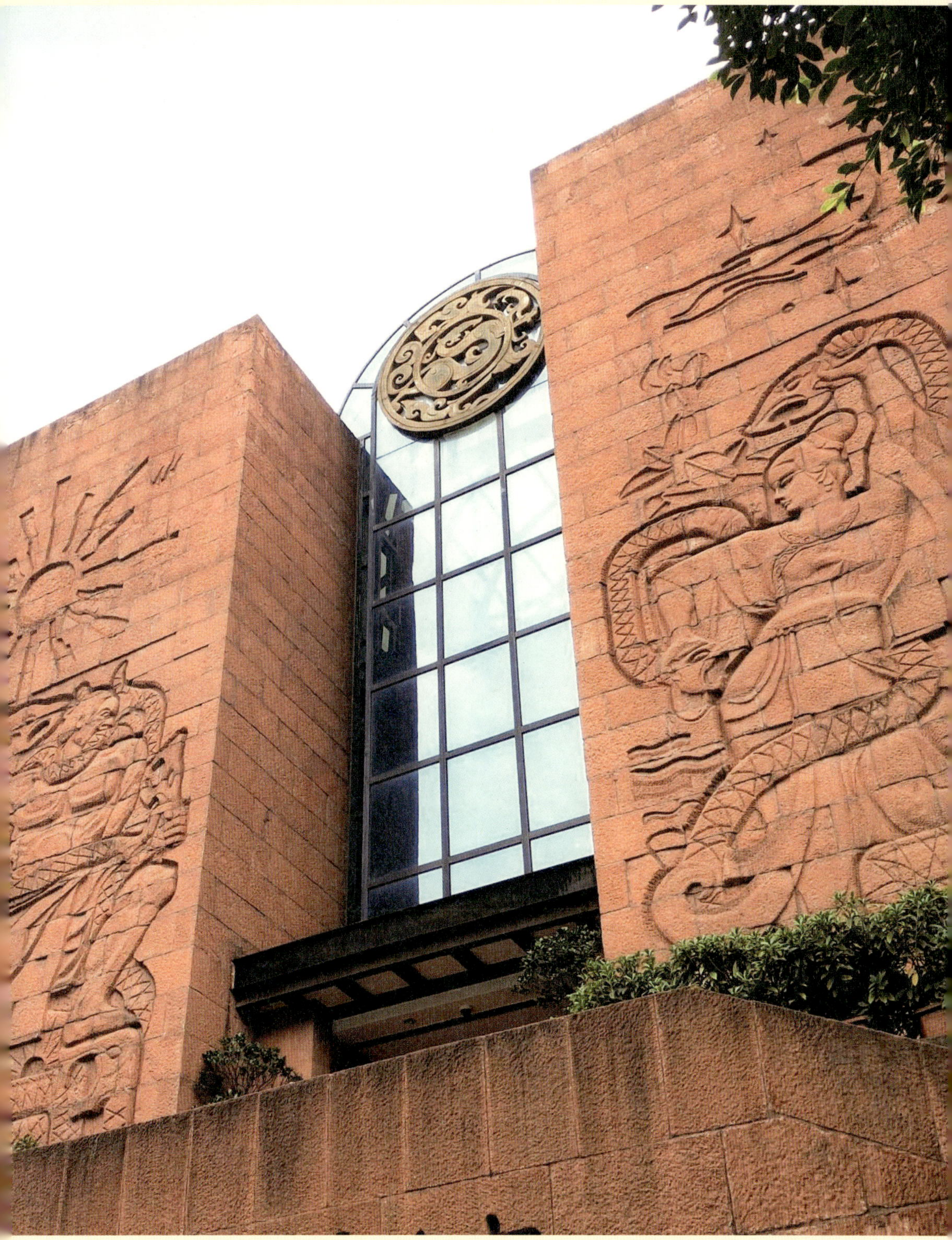

东莞蚝岗遗址博物馆

注入生命的能量

普利兹克建筑奖的获得者阿尔瓦罗·西扎,给中国美术学院中国国际设计博物馆外立面也选择了深沉的红砂岩。在蓝天白云灰墙绿柳的环绕中,这栋红色建筑收敛不张扬,可那股浑厚浓烈的气质还是抑制不住地喷涌而出。

在岭南,红砂岩也有更多的现代运用,除了南越王博物馆,还有东莞蚝岗遗址博物馆、广州白云国际会议中心。这些建筑都是红砂岩材在当今中国建筑中运用的典范。

蚝岗遗址博物馆是一代建筑大师莫伯治的最后作品。蚝岗贝丘遗址地处南城胜和蚝岗村,是东莞目前发现的年代最早的史前文化遗址之一。遗址于20世纪80年代被发现,被誉为珠三角第一村。

莫伯治是东莞麻涌人,2003年7月24日,他来到蚝岗遗址的考古现场,南城有关负责人提出请他设计这座博物馆,莫伯治欣然答应。大师的设计理念非常本土化,建筑主体的白色部分意指蚝壳的天然之色,而红色部分则是采用东莞产的红砂岩建造而成。遗憾的是,工程还未完成,莫伯治不幸离世,这件作品因此也成为大师的最后手笔。

与传统岭南建筑不同，现代建筑对红砂岩的使用多是运用在外立面。红砂岩材使用理念的转变，在建筑材料极大丰富的当代，尤其是钢筋混凝土的时代，是人们对红砂岩的重新定位。

　　何镜堂觉得，南越王博物馆的外立面选择是十分成功的，尽管红砂岩因为材质粗糙容易吸尘，每隔一段时间，就需要用水清洗。但极少有材料可以这样恰如其分地表达南越王博物馆的气质。但它并不适合在高层上使用，何镜堂笑说，毕竟这个材料容易风化，不够坚硬，可别掉下来了！

　　何镜堂已经年过八十，却精神矍铄。在他的工作室里，年轻人都啧啧称赞他的工作热情与饱满的能量。

　　他还是那么喜爱红砂岩，或多或少因为这是故乡的材料，他记忆中的可园，那个湿润温暖的莞城，遍地都是这样粗糙的砂石。他在今天的建筑设计中，也会少量运用红砂岩的元素，算是捡拾起点滴的童年记忆吧。

南越王博物馆红砂岩外墙局部

质地之书

周敏强已经不记得这是第几次往老村子里跑了。

他扭头看看车窗外的天空，云朵飘逸，但远处大群乌云正在聚集，好像要往这边追来。他琢磨，应该很快会下雨。副驾驶坐着妻子，后排座放着常用的相机、摄影器材，外加足够的水和干粮。他们预计这一天就耗在古村和祠堂里了。

下雨的时候光线不够，祠堂和里面的细节就不够光彩好看，尤其是红砂岩，那淳厚的质感要在足够的光线下才能拍出感觉。他要赶在雨来之前拍上几张，要么就得等雨停了。

周敏强拍照20多年，他对那些原生态题材感兴趣，去了中国各地不少的古村落，拍它们的故事、人和物的神韵、历史的纹理。直到2005年，他才意识到自己出生成长的东莞，也存在着大量老村落、老祠堂。他开始将目光投向东莞，把古村当作自己创作的题材。

经过三年的踩点、拍摄，周敏强对东莞古村产生了浓厚的兴趣。2008年，他和东莞文史专家李炳球多次见面，碰撞出了新的火花，开始从东莞老建筑中最具代表性的材料——红砂岩切入，进行拍摄。这个新点子让周敏强兴奋不已。

等树开花

　　从拍村落，到拍村落里的红砂岩，周敏强计划从面到点，更聚焦在细节之处。拍摄项目没有钱，完全靠自己的奉献精神，到后来，周敏强笑说："这不再是任务，倒成了一种责任，有牵挂和情感在里面。想把一个事儿做好，担子当然就比较重。"

　　最初去村里拍祠堂，没有官方证明，村民也不理解，反复问他这有什么好拍的？他就一遍遍给人解释，这些老建筑的历史和美，应该被记录下来，后人才能看到。

　　他说得不假，在轰轰烈烈的城市化进程中，有些祠堂破败了，有些因为年久失修，就直接拆掉了。他还记得2008年拍的祠堂，近两年再去，就已经不存在了。

　　有时去一些村里的祠堂，因为没什么人使用，门关着，锁也生了锈。找人来问钥匙在哪里，张三问李四，李四问赵五，才知道保管钥匙的人去了哪里。总要想办法拿到钥匙进去，最长的时候，周敏强在祠堂外等了四五个小时。打开祠堂，里面已经变成了储物仓库，长着草。房子没人住，就精神衰微，那也是一种老屋的面貌，周敏强也把它记录下来。李炳球说，东莞人不愿拆毁宗祠老宅，大部分还是尽可能保留下来。

　　跟随周敏强的镜头，来到鳌峙塘。鳌峙塘坐落于东莞市东城

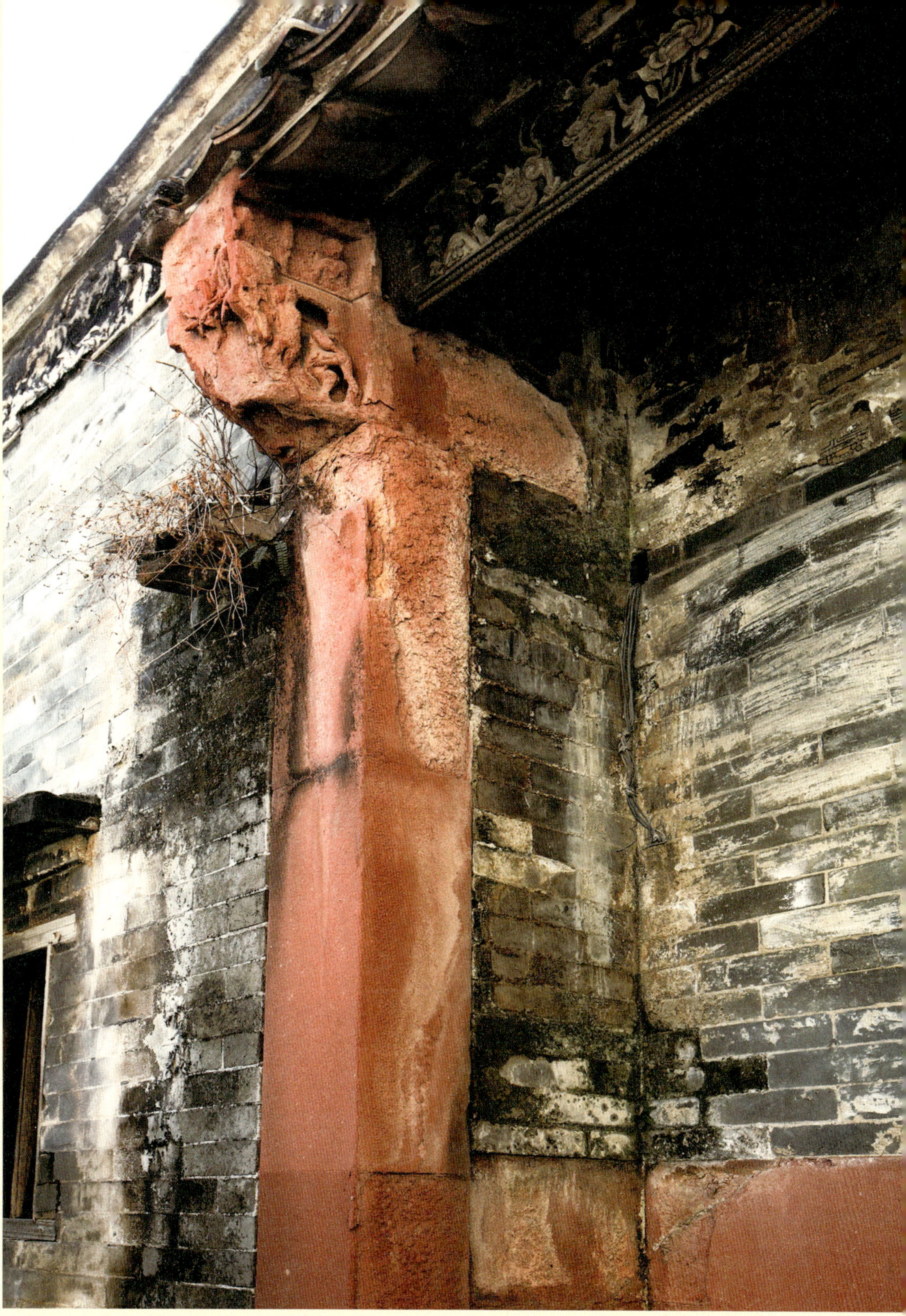

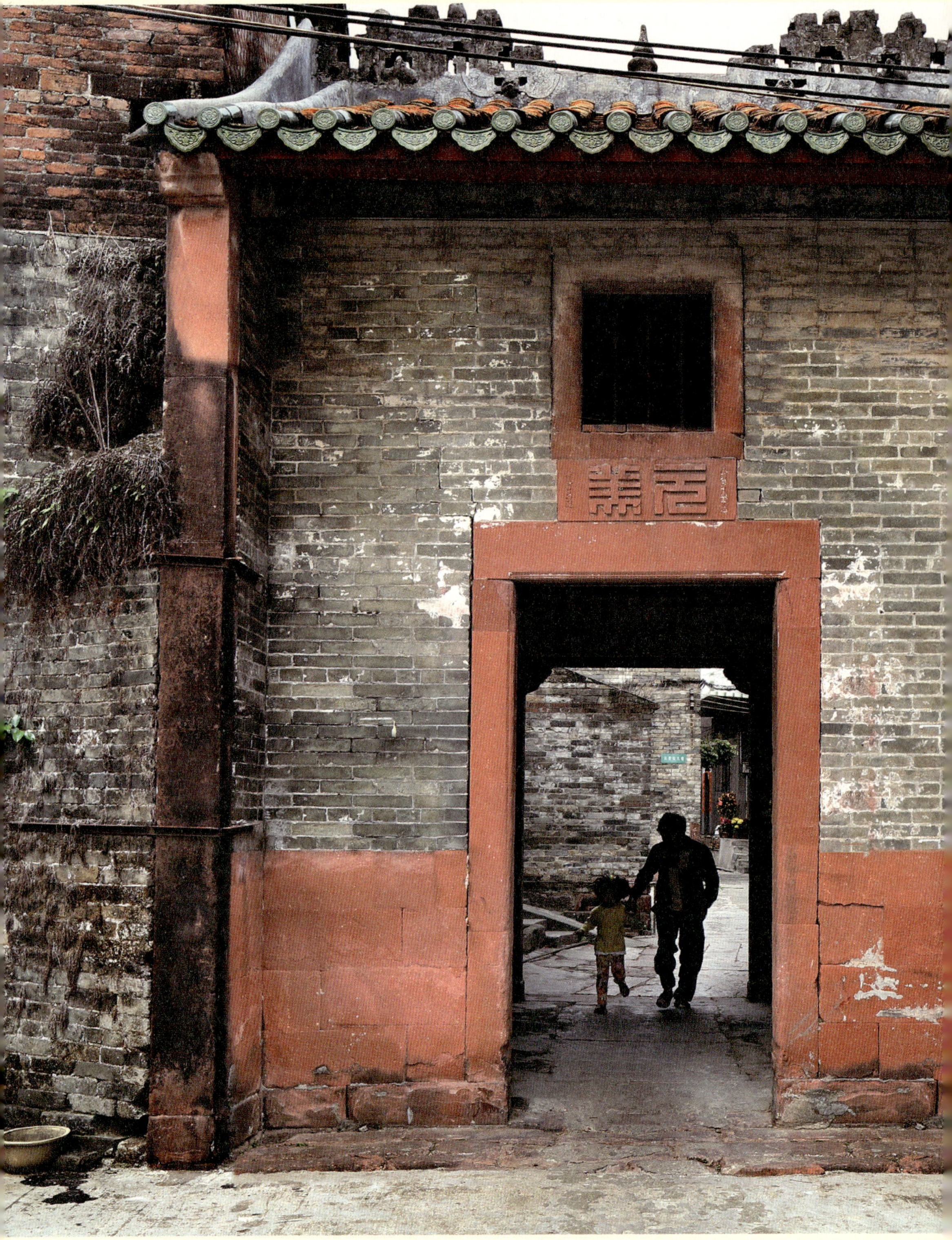

鳌峙塘古民居元美门楼正面

区，唐末宋初就立了村。村东面有座鳌山拔地而起，和村南高峻的狮山、古寺相对；山下一口鱼塘，村在塘边，于是有了这个名字。

村子里巷道格局完整，门楼、围墙和大量传统民居仍保留着旧时的样子。大部分是清末民初的广府建筑风格，有部分还融合了西方风格的灰塑，非常精美。村里人大多姓徐，是东莞最早的徐姓族人定居地。随处可见红砂岩砌成巷道、墙裙、墊台、门框、门额甚至地面，红砂岩的台阶已没有了棱角，那是时间打磨的痕迹。

第一次去鳌峙塘拍照时，见到东江河畔的徐氏宗祠门侧有株老木棉树，伸展着枝杈十分好看，可惜花未开，周敏强便在记事本中记下：木棉花开时再来。这一等就要大半年，春节后，周敏强次次开车路过这里都要下来探探，花开了吗？开好了吗？还要凑个天气好的日子，让木棉树在天时地利时留下与祠堂的合影。照片里，燃烧着的木棉花与祠堂红砂岩的颜色相映成趣，终于让周敏强满意了。

"为几个镜头跑五六次的情况很多"，周敏强说，"甚至一天都跑好几次，中午去看了不行，晚上再去。实在不行，第二天拿着早点坐在那里等它"。

这大约就是摄影师执着的诗意。

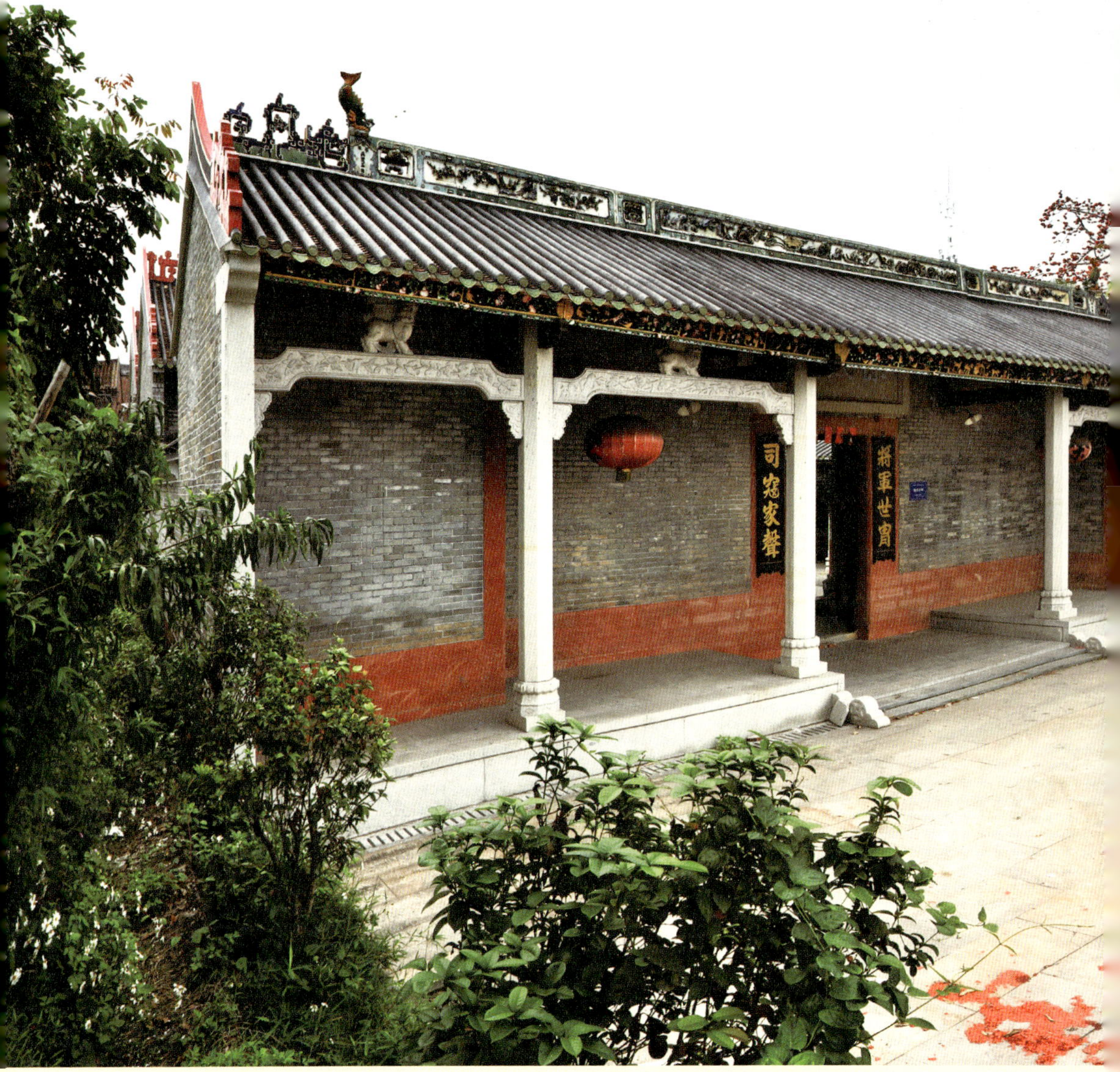
司寇家聲
將軍世胄

鳌峙塘村徐氏宗祠

细读石头

对很多人来说，红砂岩不就是块石头吗？

可对历史学家来说，红砂岩可不仅是石头这么简单。它们筑成建筑后的几百年时间里，伴随着人类使用、气候与环境变化等，自身已经包含着很多的历史信息，提供给后人慢慢去解读。周敏强说："我们只是史料的保存者。"

去到企石镇江边村，这里距离东莞市区有28公里，北临东江河畔，南靠东江支流，元武宗（约1311年）年间立村。在这个村子西边不远处，有距今5000多年的万福庵遗址，这是东莞目前发现最早有先民生活过的地方。村子里人大多姓黄，百年荔枝树有上千棵。金字屋和明字屋填满井字形的村落，村人用红砂岩与花岗石做门框、窗框和墙基，红砂岩上的雕塑至今清晰，祥云纹、夔纹也让村子显得富丽堂皇。有些老房子已经破败，徒留一架门框还立在那里。谁家殷实，谁家穷困，从红砂岩用料多少就能看出来，殷实人家红砂岩砌得特别高，门框窗框石阶全是，穷困人家大约就墙基一块条石罢了。

红砂岩柱上的封檐板木雕

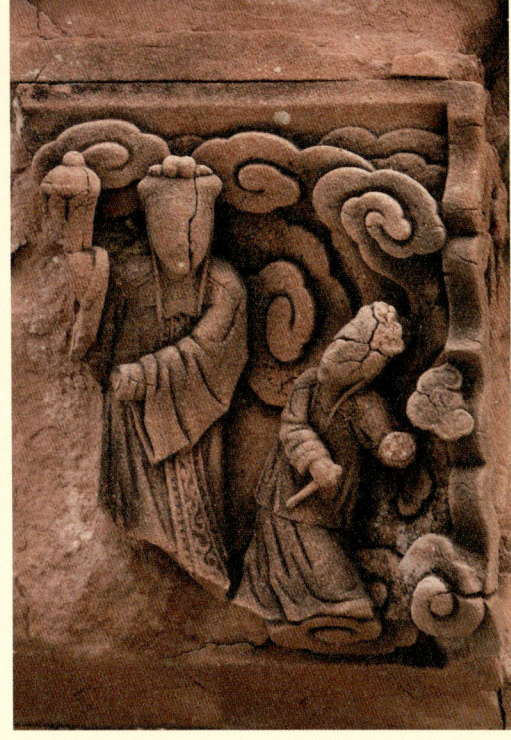

红砂岩石雕

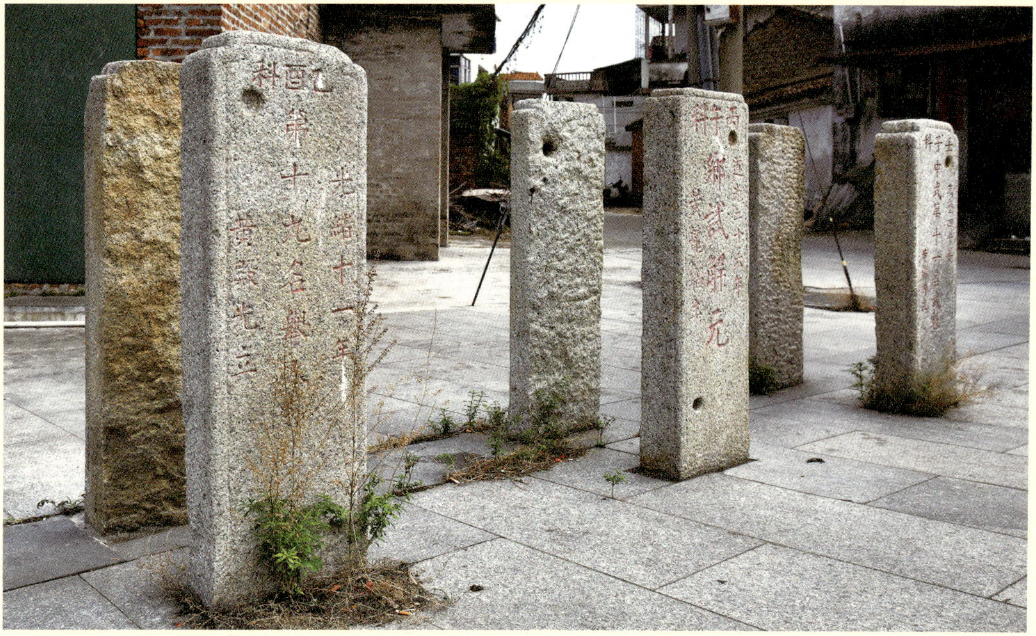

江边古村的旗杆夹

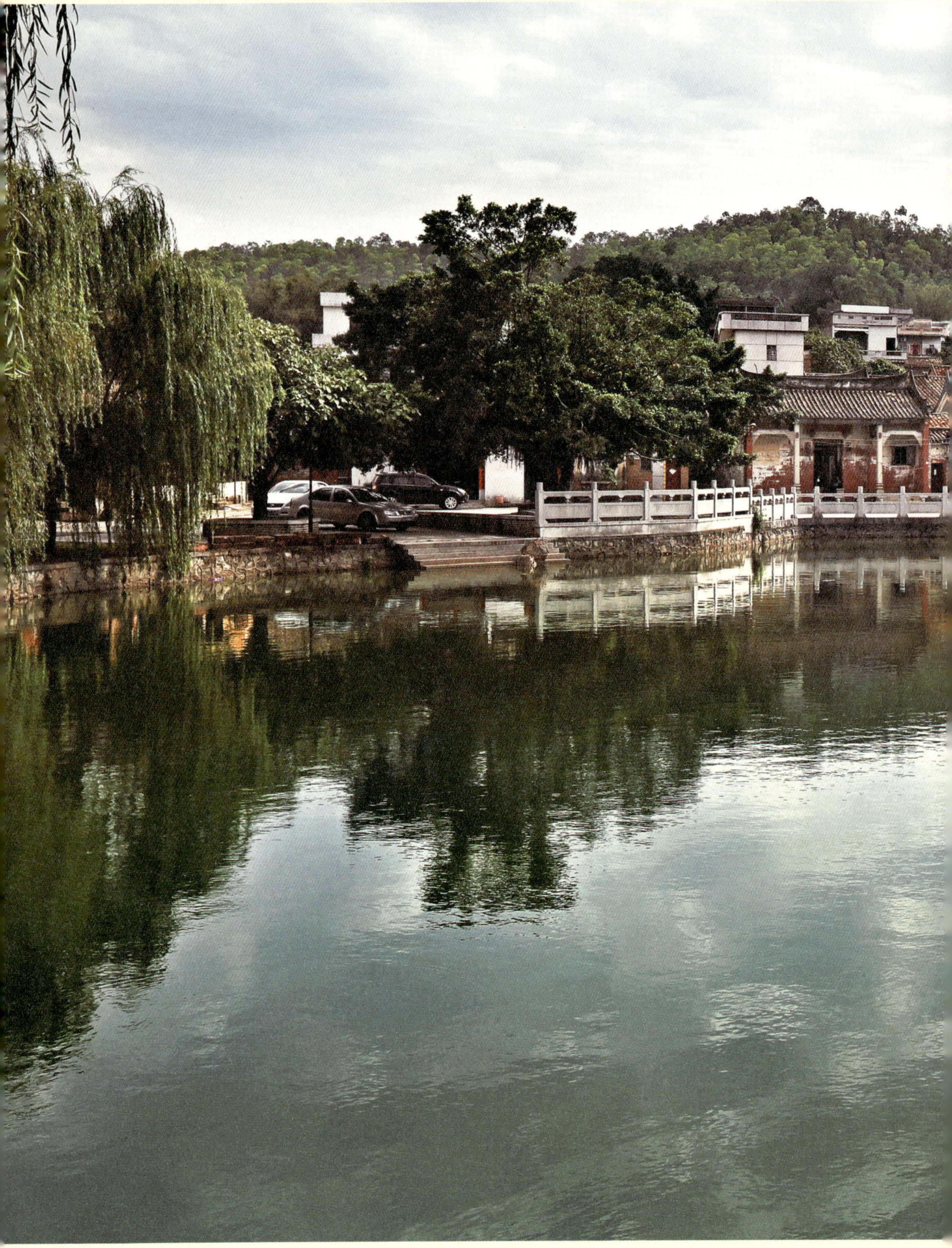

江边村

　　建于元末的江边村，距今已有700多年历史，是珠三角原生态保存最完整的古村落之一，基本上保留了明清时期的建筑风貌。2009年，江边古村落被列为广东省古村落；2012年，江边村入选广东省历史文化名村；2013年，江边村晋升中国景观村落。

埔心村大炮楼

周敏强印象很深的是石排镇埔心村,这座建于南宋绍兴三十一年(1161年)的村子,距今已有800多年历史。村子建在大草埔的中心,所以就叫埔心。埔心东边是谷吓村,南边就是著名的塘尾村,西边则是李家坊村,北边是水贝村、横山村。埔心村跟塘尾村差不多,都是明清古建筑群,村里的民居、祠堂、炮楼和围墙建筑也与塘尾相仿。在村中祠堂一处红砂岩墙基上,齐腰处刻着一行大字"民国三十六年四月二十二日涌尾桥丁亥年水界",这是刻下的水灾印记,意味着在那一年,洪水已经淹至这个高度。而在另一堵墙上,刻着"一九五九年农历五月十日洪水浸位线"字样。

周敏强与李炳球用十数年时间坚持拍摄、考察红砂岩建筑,不少老房子的细节和故事,房子的后人不知道,他们却知道。《凝固的历史》一书,记录了东莞传统红砂岩建筑的全貌,内容厚重扎实,充满质感,正是他们二人心血的凝聚。

红砂岩筑起的古村毫发毕现地呈现在一张张精美的图像里,红砂岩的质地与两位东莞人的恒久毅力和热烈情感也愈发相得益彰。

红砂岩石雕

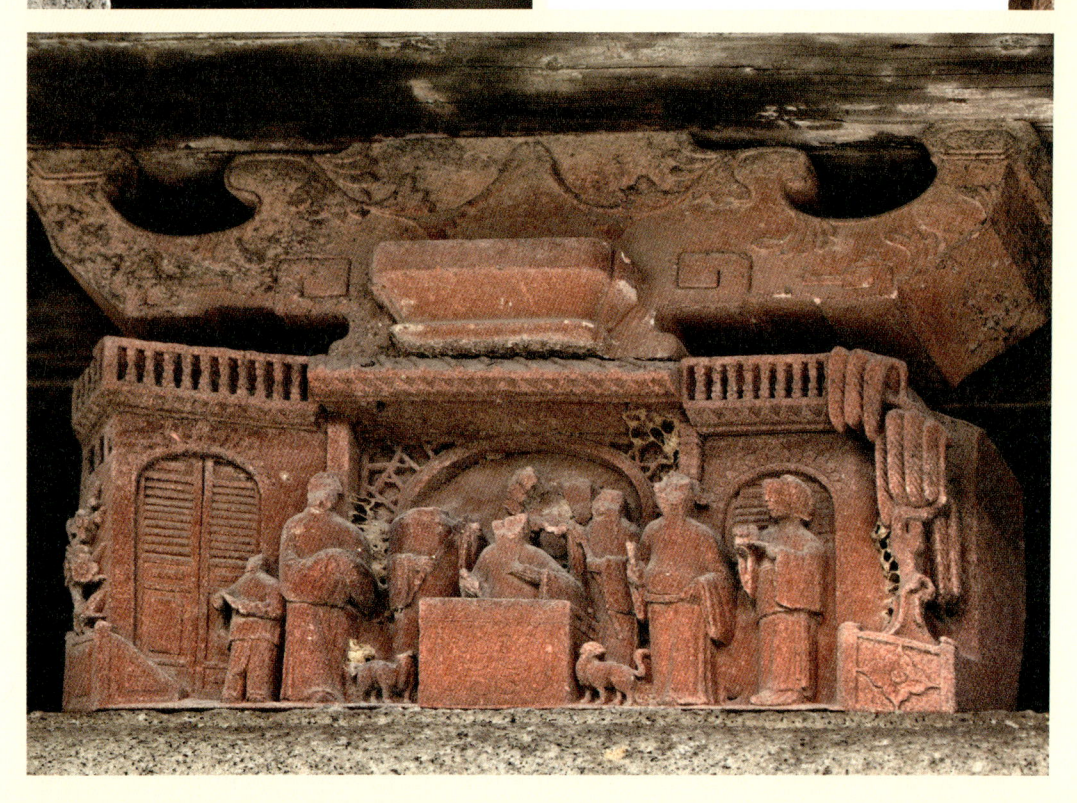

139

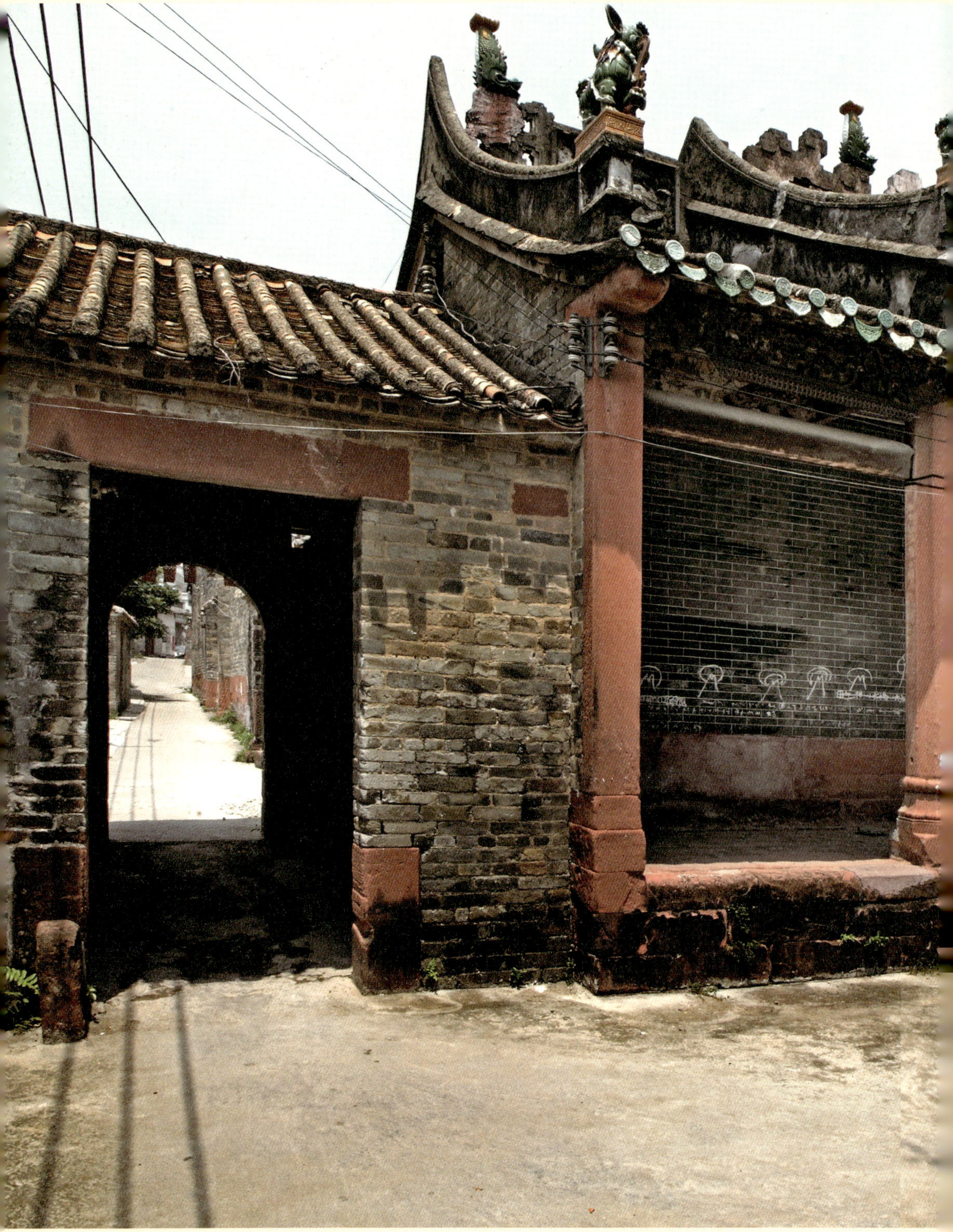

埔心村王氏大宗祠

埔心村

　　埔心村位于石排镇。埔心村于南宋绍兴三十一年（1161年）立村，距今有850多年的历史。因村建立在大草埔之心，故得名埔心。埔心东与谷吓村相接，南与塘尾村为邻，西与李家坊村接壤，北与水贝村、横山村相连。总面积2平方千米，占全镇面积的3.6%。明属东莞县文顺第三部辖。清初沿袭明制，乾隆十九年（1754年）属东莞县辖。民国初期属东莞县第二区云山乡辖。建国初期属埔心乡辖。1958年属企石人民公社辖。

静默的升华

广州美术学院行政办公楼后的花园之中，雕塑《新娘》静静伫立，恬静羞涩，神态幸福。《诗经》中说："野有蔓草，零露漙兮。有美一人，清扬婉兮。"大约讲述的就是这样的神态。

她停留在这儿很久了，青丝、脸颊、鼻梁上长出了青苔，青春、爱情、迷乱、才华，从她的微笑中静静流淌。这座雕塑家梁明诚在大学时代完成的作品，从未失掉它的美丽。它擅长在喧哗的青春校园之中学会隐藏，以至于，如果不仔细寻找，都无法察觉它的存在，更无法看出，这是一件红砂岩的雕塑。

现实主义思潮下，少年老成的雕塑家，无法承受涌动的刀锋，于是把自由交给对美丽的想象，用最简单的线条勾勒出柳眉翠黛、杏眼银星。这一定是雕塑家笔下最美丽温柔的面庞，不然，雕塑家如何用它对抗虚无呢。

东莞籍雕塑名家李汉仪，喜欢以浪漫主义激情映射生活的深度，创造出人间的美和热情。著名雕塑家潘鹤教授曾经说他"源于生活，扎根民族的情感中，渐渐显示了自己的艺术尊严"。

梁明诚雕塑作品《新娘》

143

李汉仪雕塑作品 《故乡颂·红荔飘香》 《故乡颂·可爱珠三角》 《建筑师的眼睛》

李汉仪说，人的故乡只有一个，无论走出有多远，情感上始终与自己的故乡最亲近。他用故乡特有的红砂岩雕刻出《故乡颂-红荔飘香》《故乡颂-可爱珠三角》《建筑师的眼睛》等作品，将自己对故乡深沉的感情融入每一笔雕琢之中。

　　不是每个雕塑家都可以用红砂岩创作。红砂岩是特殊的材料，它有着沉稳喜庆的颜色属性，有着相对粗砺的质地。有些人喜欢夸大红砂岩的局限，认为其无法承受繁琐细致的雕刻。殊不知，大地给每个孩子都留有位置，红砂岩承担的是生命跳动的颜色。

　　它的属性，也是最为重要的属性，是它热烈的质地，还有生命力。

　　它是真正高贵的石头。

CHAPTER FOUR
温暖的原色

肆

坚固而又温暖,
这是家的感觉。

红屋一家人

外来人很难理解,在一座国际制造名城,寸土寸金的现代都市地带,红砂岩老建筑久经风雨,如何得以幸存。

漫长的历史发展过程中,村落和建筑沉淀了浓厚的宗族文化气息。东莞100多个姓氏500多个自然村落,所有村落与姓氏都有自己的宗祠。很多村落不仅有宗族宗祠,还有诸多各房各支的小祠堂。

东莞人对传统似乎有种约定俗成的情愫。所以传统古村建筑的形态得以保留,其中的文化意蕴、古老神态也仍然存在。这些红石老屋负载着光阴,像一个老人,步履维艰,在今天奇迹般存活着。

全感官的记忆

红砂岩之于东莞寻常人家,更像是一种唾手可得的材料,几百年的日常生活里都有它,干什么都用到它。讲究的大户人家用红砂岩做大排场,穷人家也用红砂岩造就自己的生活意趣。

比如说,有些人家门口的洗漱台就是红砂岩做的,简单地搭在两块石头上,洗衣刷鞋就在上面;锅碗瓢盆放在地上,太低了不方便,搬块红砂岩墩,锅放上去高度就合适了;村口河旁,想要纳凉聊天的人们缺了凳子,就直接搬几块红砂条石过来,一放就是几十

彭屋村彭氏大宗祠

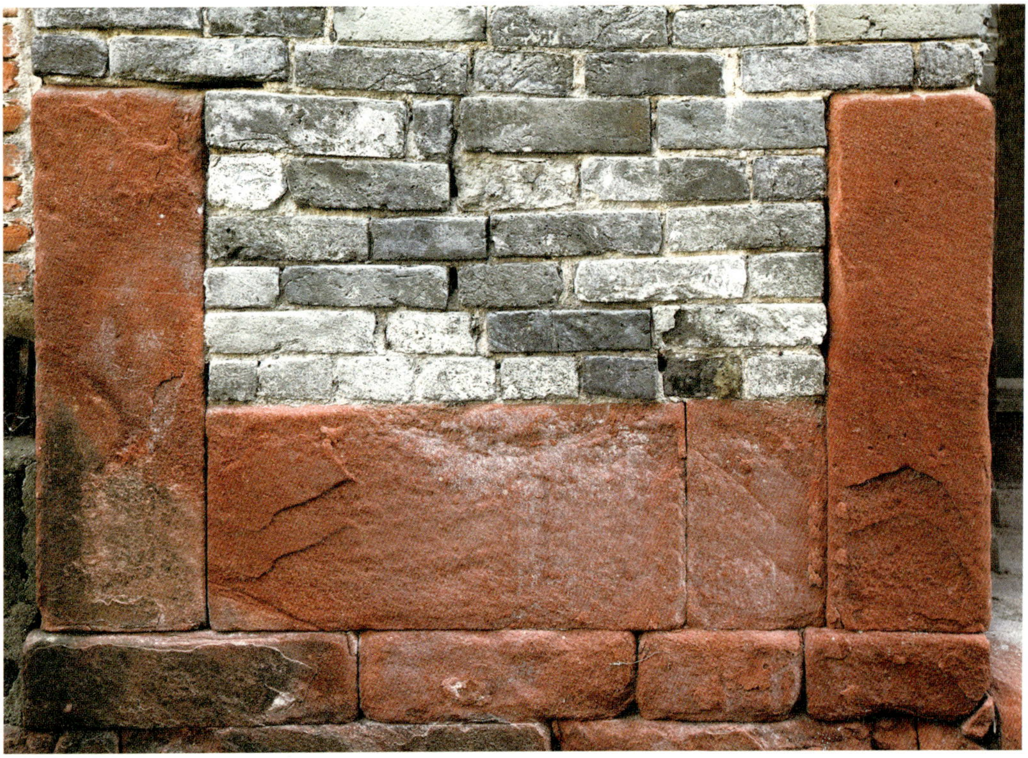

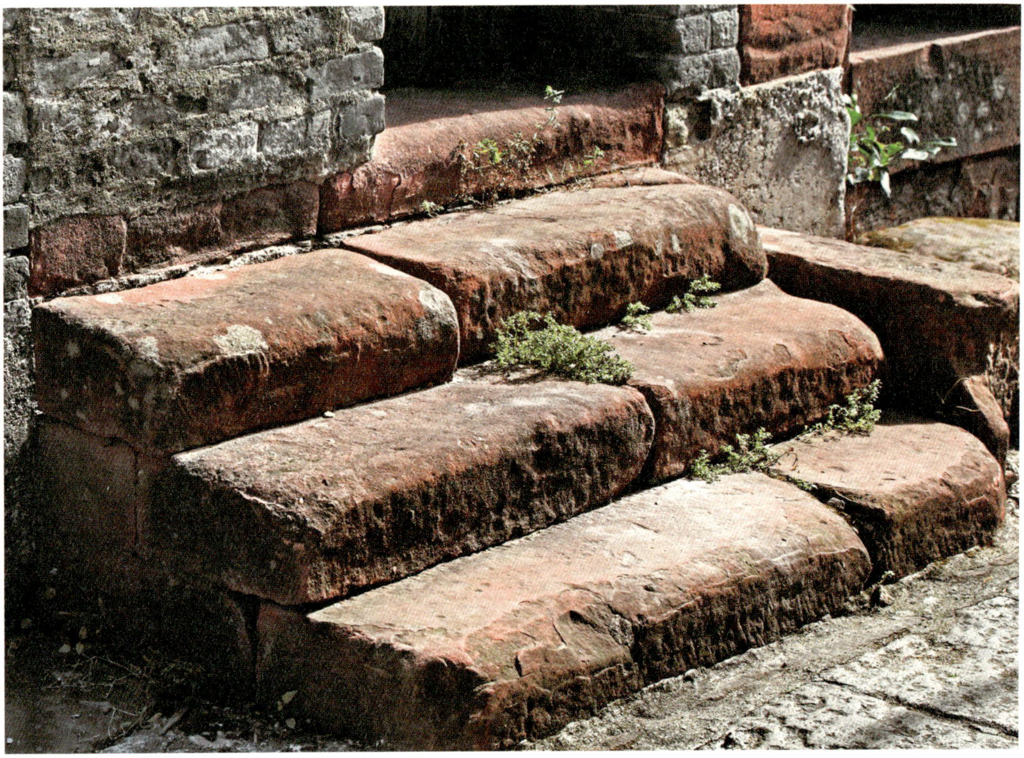

年，过了一两代人，条石凳还在原来的位置。

村子里的老人常说，过去没有那么多工业印染的材料，建筑也好，服饰也好，都是天然的色彩。天然的天蓝、草绿，天然的露珠、麻石板路，而让人感觉热情洋溢的就是家家户户的红砂岩。红砂岩那么平易近人的红色，小时候觉得它红艳，却不是红得让人心生畏惧，它是深铁红，你愿意亲近它。

80多岁的老人回忆他的童年，那时每家屋子只有20多平方米，孩子多，睡不下的男孩往往就睡在门口的红砂岩板上。广东一年三季都是夏天，白天门口的红砂岩板用来纳凉，晚上就是男孩子们的床。睡在石头上长大的孩子，被训练出岭南人特有的坚韧与意志。

30岁的年轻人，童年也与红砂岩有关。在窄小的巷子里跑来跑去，小时候个子小，胳膊伸出的位置正好是红砂岩墙基，一边跑手一边在粗糙的墙上划。天天这么干，手指已经知道村里哪栋屋哪面墙的红砂岩更细腻些，也知道这些老石头如果磨得太厉害，红粉就会脱落下来。手指的记忆几十年都难以忘怀。

跑累了，一群孩子就在红石台阶上坐着，捡块石头就在红石上

画公仔。吃饭的时候，家家孩子端着碗，坐在自家门口的红石板上吃。看着远远近近的巷子，角落的红石长了青苔，古村那种时光悠悠的感觉，就刻在了记忆里。

年节时分

每年元宵节来临之际，每家出生男孩的长辈要宴请乡亲们，宗族长老和街坊邻里都会来，人们管这个叫开灯。虽说村子里有各种各样的仪式，但开灯最为隆重。

南社村

　　在老屋的日子从不贫乏，在孩子们的记忆里，开灯与祭祀是村子里最热闹的时候。每年春节、元宵、清明、中秋、重阳、冬至等传统节日，族人就赶回来，外出工作的人，在港澳台定居的人，甚至海外工作的人都争取赶回来参与。清明时，常能看到几百几千人一起上山扫墓的情景，人们上香、烧元宝，祭祀完祖先，还有红包可以领。

　　红砂岩建造的村子，像这石头的颜色一样，喜庆、亲切和安稳。在孩子们的记忆里，红砂岩筑成的温暖空间，既有童趣，也有历练，让岭南乡土的韵味在现代城市文明的洪流中长久不衰。

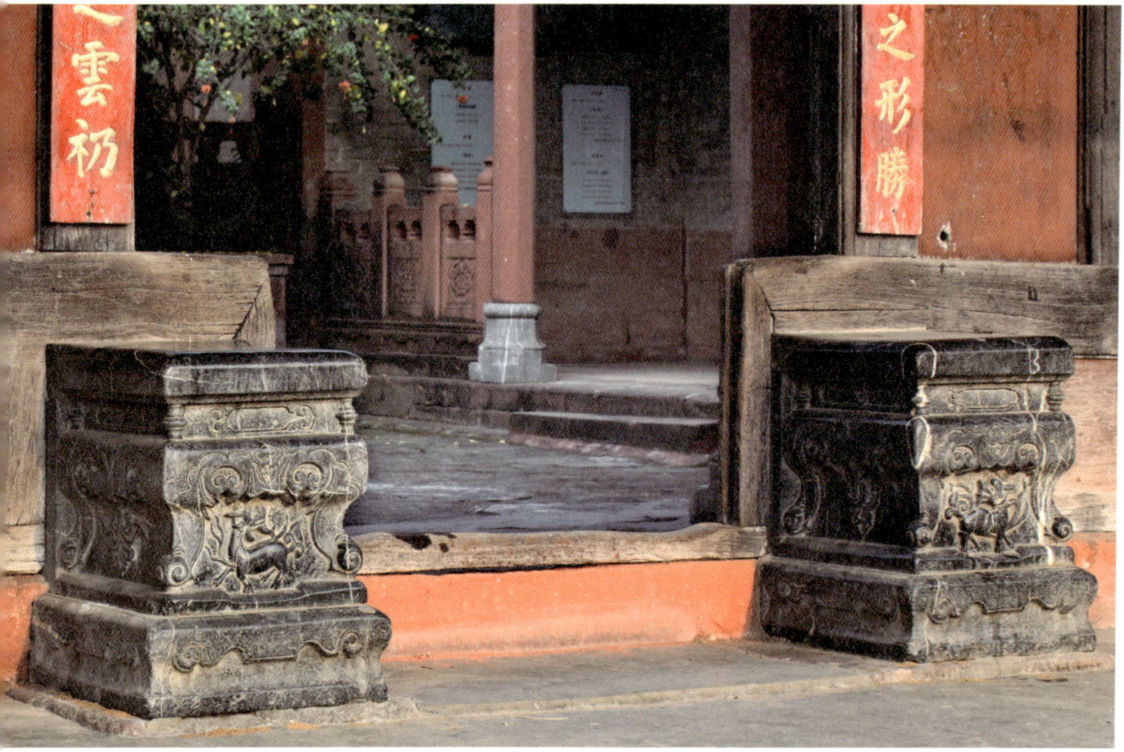
雲
之形勝

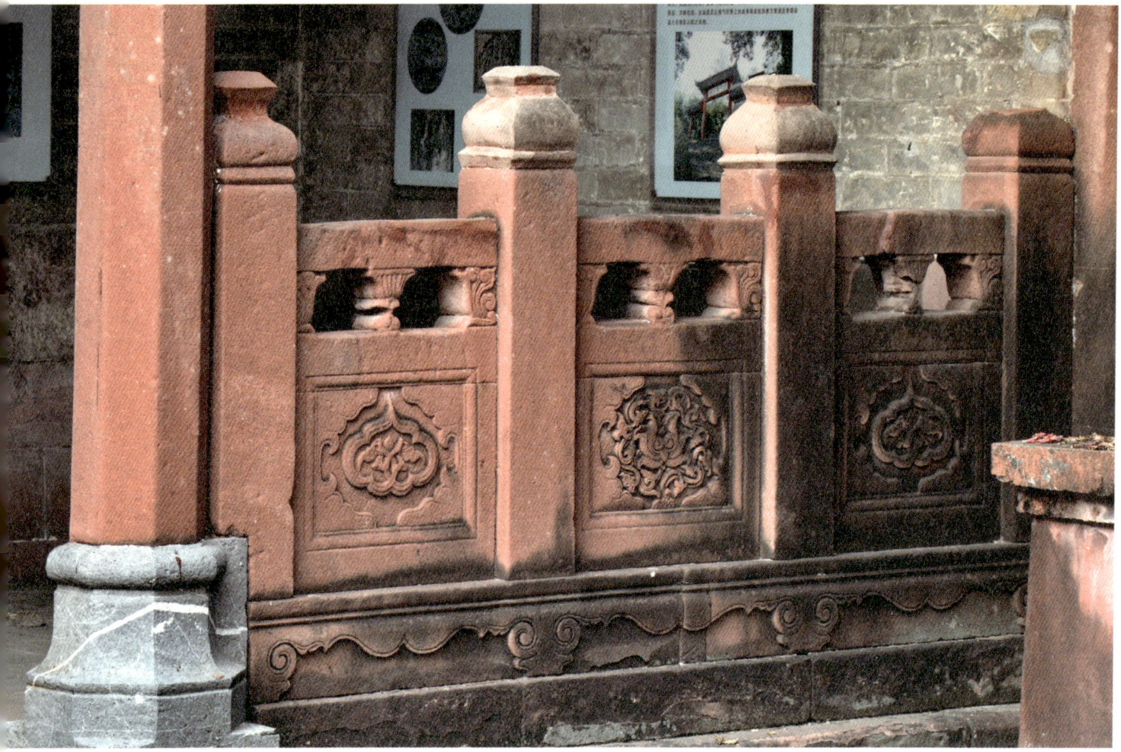

彭氏大宗祠

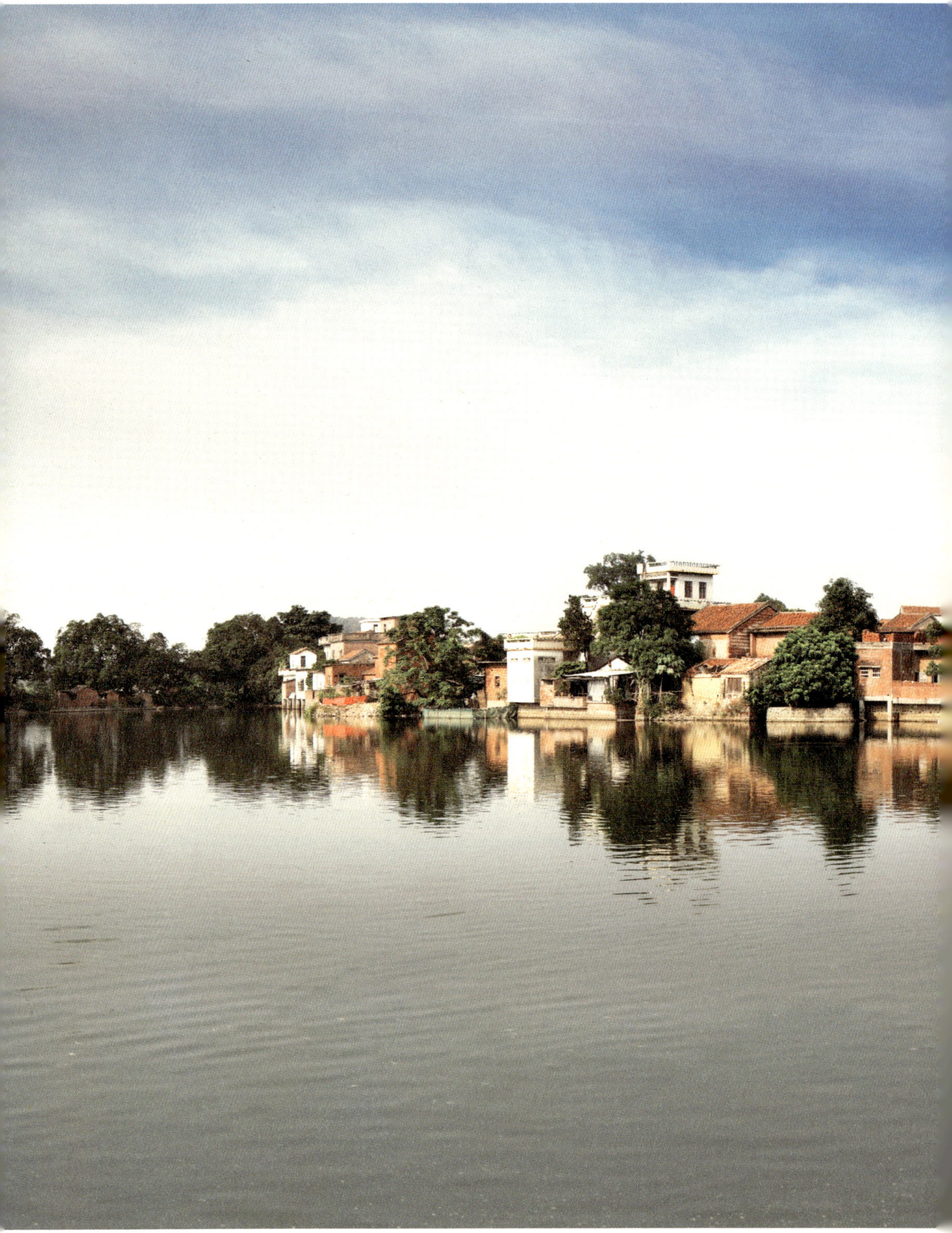

彭屋村

　　彭屋村位于东坑镇，彭屋原名马坑，位于东坑镇西北部的琥珀山（又名马坑山）脚下。彭姓开基，始祖彭应春号云溪，在乡科试中举后被调往广东南雄县任教谕，嘉定十三年（1220年）致仕南雄。后在宋理宗绍定元年（1228年）迁到琥珀坑（又称马坑）拓基。因村向马坑山而名马坑，后以姓氏命名。

河田村方氏宗祠

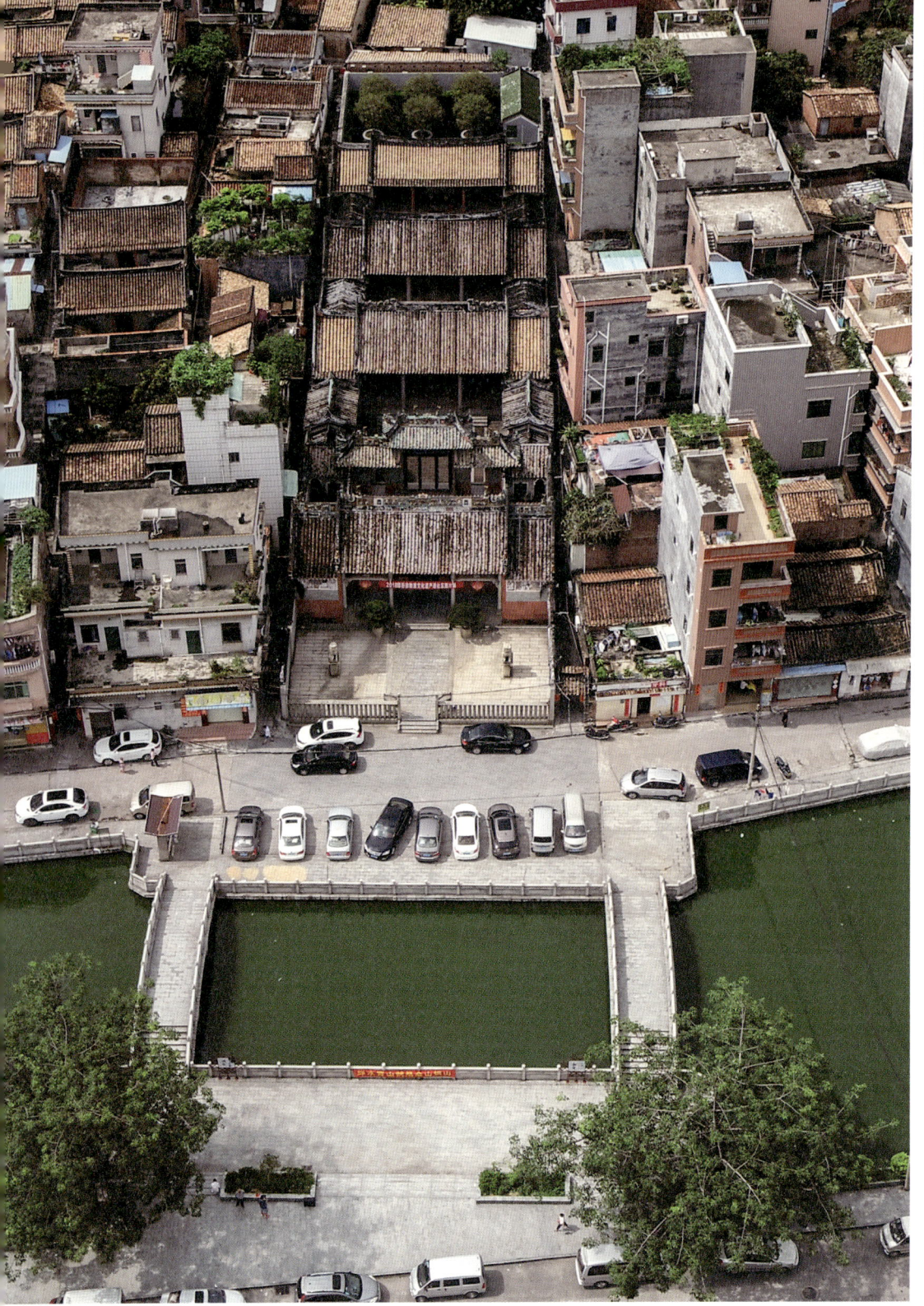

他在东莞修祠堂

尽管已过了十多年，廖志博士还是难忘修复东莞河田方氏宗祠的经历，不仅因为方氏宗祠的特殊，还因为修复方氏宗祠具有非常的典型性和极大的难度。

拐进厚街镇繁华的河田大道，走过连湖上的精致石拱桥，就是方氏宗祠了。

15年前，廖志第一次看到方氏宗祠的时候，大门破败，二进院的牌坊倾斜，院子里杂草丛生，有的厅堂还在漏雨……廖志看得清楚，墙基的红砂岩，不似往日绚丽，似乎已被岭南的淫雨酥化，甚至可以看到粉状红砂飘落的样子。

麻烦，但还是很爱

刚刚开始修复，工人对修复红砂岩柱基没有任何信心，破损如此严重，也不知如何下手。负责文物建筑工程的苏新如也知道修复红砂岩的困难，即使没有最好的办法，也不能不做。他呵斥了退缩的工人，亲自操刀修复。

红砂岩虽美，但真是让文物修复者和石匠头疼的材料，在岭南地区从事古建修复达30多年的苏新如感慨。

"老建筑的红砂岩掉了一个角,我们不随便换掉它,因为它本身就非常有价值。不影响使用的话就保持原样,不会随便搞个水泥来修补。要修整,而不是修补。"苏新如说。

红砂岩修复是一大难题,每个文物修复专家都对它束手无策。他们曾经尝试过用红砂岩粉末打碎,跟胶水和黏着物混合,但是新补部分跟老红砂岩很容易就脱落分开,"至今为止,我没发现修复得特别好的红砂岩"。

红砂岩是烫手山芋,材质偏软易风化,却那么好看,苏新如形容说,"就像一个人,身体很差,长相又很漂亮"。

祠堂墙基的红砂岩上已经长满了青苔,还有不少精美的石雕上长着点点白斑,看似俏皮可爱,按古建修复石匠的说法,这是红砂岩的地面生物病害。加上各类风化、开裂、墙沿缺失和破损,红砂岩的病害种类繁多,每样修整起来都很麻烦。

苏新如只能根据每处病害的具体状况做具体分析,分别处理:有的保留原样,有的稍加清理,有的置换成新石材。

对红砂岩,他爱着,头疼着,也小心照顾着。

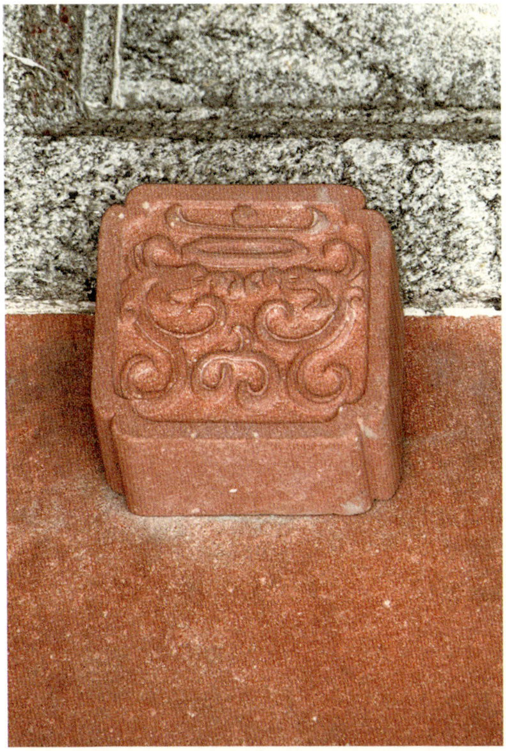

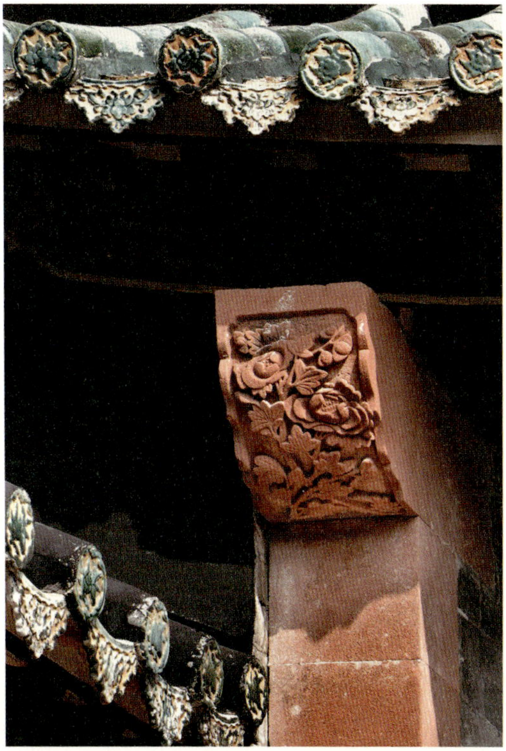

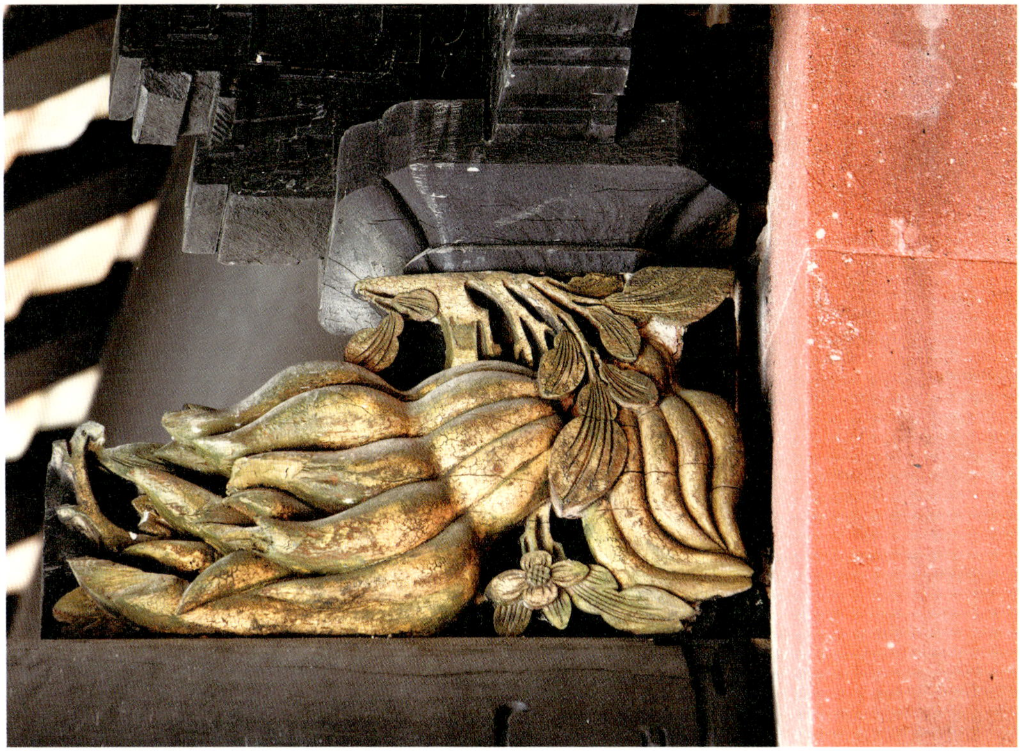

认识建筑的价值

修，还是不修，一开始并不涉及建筑修复的任何理论。

修复方氏宗祠伊始，村里的老人特别提出，要修复屋顶上的陶脊。因为破损得比较严重，也找不到其他文献记载，一开始它并不在此次修复的计划之内。但立即拒绝，也没办法给乡亲们交代，于是廖志及其团队开始走访调查，希望找到有价值的资料。方氏宗祠是广府的建筑，他们就查阅广府地区的地方志、族谱，再找广府其他宗祠、桥梁、庙宇等。功夫不负有心人，果不其然，在方氏其他聚居地的桥头发现了类似的陶脊雕塑。

在走访中，还遇到一些老人，非常热情地递上老照片，照片里是宗祠未损坏时的样子，这当然是很幸运的经历。

有了资料，就可以找工艺陶瓷厂，和工艺大师一起画小样，画大样，再后，就可以制坯烧制了。

有些雕塑，虽然有些破旧，但整体保存相对完整，村民们也想一并换了。廖志了解这种心理，但他不会给村民讲文物修复理论，更不会讲什么原真性原则，他只会讲，老物件最值钱。

值不值钱看似是粗浅的认知，却是廖志对建筑构件做出的专业价值判断，它决定着如何修。比如在相对不显眼的地方，有损坏的红砂岩雕塑并不影响建筑整体的价值，可能就会选择不修；而遇到面部损坏的雕塑，影响了整座建筑的价值，就会去修复。

作为文物古建筑设计师，廖志有他所要恪守的规章："原真性原则有一条，如果对要修复的文物，在缺乏翔实资料的时候，就尽量不要去修复，保持现状就可以了。"

从学生时期，跟着陆元鼎老师做项目，廖志从业已经近30年的时间。这些年里，廖志脱去了青涩，却留住了修复建筑文物的敬畏之心。

所谓的敬畏，大约就是责任心，它要求文物古建筑设计师，能够认识每座建筑及其构件的价值。

"价值判断是最难的"，廖志说。首先是断代，构件是哪个年代的，有哪些痕迹在里面；在整座建筑里面，历史价值、艺术价值在哪里，科学价值、文化价值又在什么地方。价值判断不准，文物就可能会被修坏。

价值判断，本质上是一场原真性理念的思维洗礼。

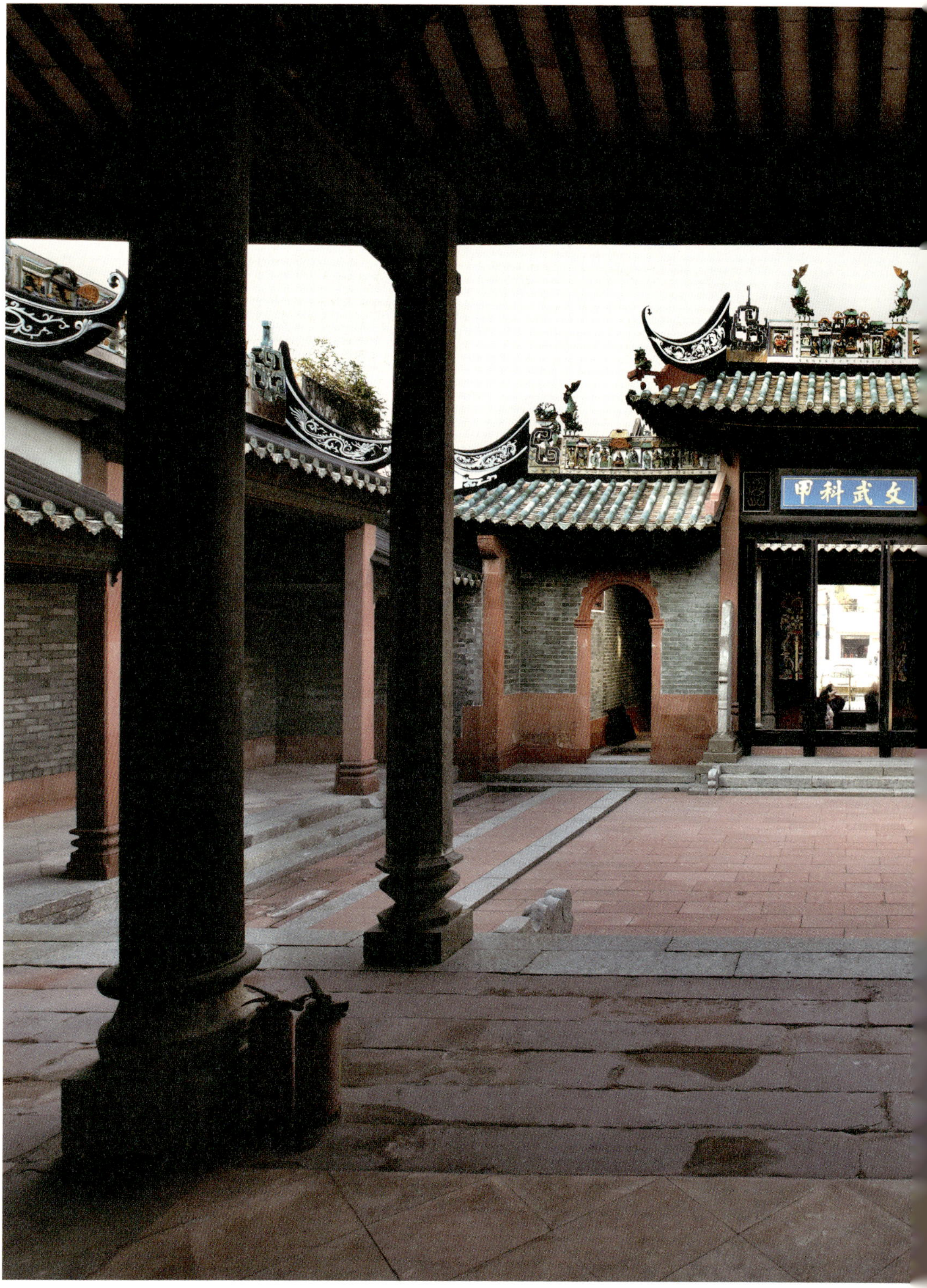
文武科甲

方氏宗祠

修复中的原真性

　　修复，保持原真性，然何为原真性？是建筑建成之时的模样，是某次修复后的样子，还是建筑破败待修时呈现出来的状态？

　　以前的文博界，常常提及的理念是修旧如旧，修复完成后要去做旧。在萨莱·布兰迪和《威尼斯宪章》修复精神之后，《奈良文件》又补充了原真性理念："原真性本身不是遗产的价值，而对文化遗产价值的理解，取决于有关信息来源是否真实有效。由于世界文化和文化遗产的多样性，将文化遗产价值和原真性的评价，置于固定的标准之中是不可能的。"

　　修复方氏宗祠的时候，有处竹林七贤的主题雕塑损坏严重，欲修复，却找不到相似雕塑，无法准确定位每个人的神态。廖志就去翻阅古画，找到合适的参考之后，把资料交给工匠，告知每个贤者的神态和形态。

　　修复红砂岩的构件时，一样的材料，但是最后出来的颜色稍有不同，会比红砂岩原色稍微浅一些，或者深一些。这是无意为之，也是故意为之，使之符合萨莱·布兰迪修复精神中的最小干预原则、可识别原则与可逆性原则。

　　方氏宗祠长达5年的漫长修复，是对《威尼斯宪章》《奈良文件》修复理念的一次力行。其中过程有时是碰撞和博弈，而有时则是一种推倒重来。

方氏宗祠精美雕塑

167

二进牌楼拱门

168

二进院的牌坊歪了,当时就如何修复讨论了很久。廖志与苏新如不太主张把它落下更换,因为两边是红砂岩,上面是木头构件,斗拱比较多,容易变形。苏新如建议把它顶起来,然后进行纠偏;但村里考虑到安全性,希望更换。后来请了很多单位来监测,最后决定还是保守修理。这个积极探讨的过程,让修复工程停了两三个月。

　　修复工程中,某些隐蔽地方的修复是无法提前预估的。比如梁柱,只有揭开屋瓦的时候,才能发现一些梁柱早已经被虫蛀空,隐患太大,只能考虑梁架大修。这样增加了成本、延长了工期不说,还要找匠人完成一模一样的梁架,这本身就是挑战。还有村民对落架大修有种内在的恐惧,总以为拆了就很难原样安装回去。

　　其实,廖志和苏新如有着同样的担忧,不到万不得已的时候,他们也不会考虑梁架。他们倒不担心安装,只是敬畏古人的榫卯结构,还有梁架的严密性。所以,梁架的开裂程度不超过三分之一,一般只会选择修补。

　　每周,廖志都会去方氏宗祠修复现场。屋顶、墙柱、地面,然后门窗,最后是三塑一雕,修复在有条不紊地进行着。回来后开例会,把发现的问题以及可能发生隐患的地方拿出来讨论,比如破损的红砂岩地面如何替换,比如梁架选什么木头重做。

　　修复的过程,廖志一直小心翼翼,生怕维修后的效果丢失了历史的原味。

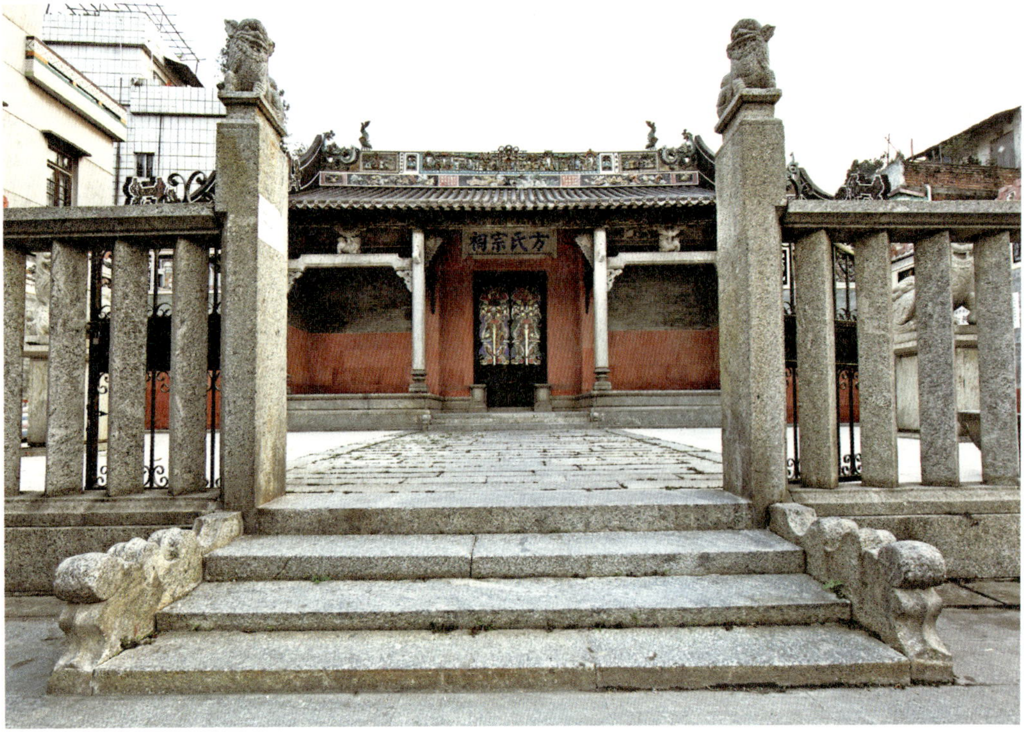
方氏宗祠

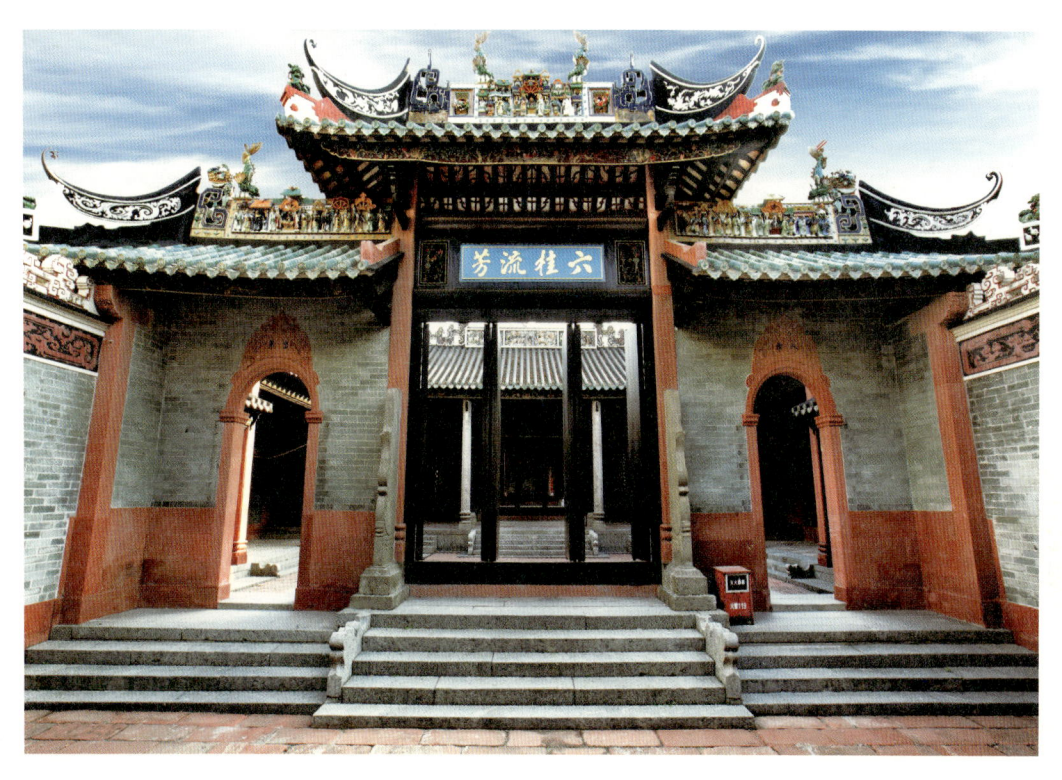

河田方氏宗祠

　　方氏宗祠始建于明朝惠帝建文年间，距今已有600余年，具有较高的历史、艺术和科学价值。重新修缮好方氏宗祠，对研究岭南祠堂建筑具有极高的历史文物价值。2008年被列为广东省文物保护单位的方氏宗祠中庭开阔，比例得宜，尺度讲究，是岭南地区极少见的五进祠堂。第三进立着题写"六桂流芳"的牌坊，彰示这个家族显赫的过往。

红石古村有茶香

"再豪华的房子,也没有以前的老屋好,为什么?不是因为它老,是因为有人把它养起来了。"阿乐打小在鳌峙塘长大,十多岁时,举家搬到香港。在大都市打拼多年后,阿乐返回了少时居住的红石古村,问他为什么,他给了这样一个理由。

今年阿乐37岁,对家族历史非常了解。他介绍说,南宋宋理宗时先人才来到东莞,到他这一代,已经是第27代。父辈对传统的尊重,给了阿乐巨大的影响。

如今社会飞速发展,物质生活极大丰富,科技发展到几乎无所不能,人们却越来越需要某种东西来平衡这种飞驰的速度。

阿乐说,在外面见得越多,就越喜爱自己的文化传统。古村就扮演着这样一种角色,成为东莞人的心灵驿站,打拼累了还能回来,它能给人以心灵的滋润和慰藉。

把房子养起来

东莞的老村子里,拆掉和改建的老房子确实不少,村子里已经被改建得七零八落了。有些传统民居上的雕花门窗换成了玻璃窗,厅堂成了堆放杂物的仓库,村落里的公共设施也不大使用了,这是

鳌峙塘村

174

不可辩驳的事实。

　　阿乐返回老家时，在村子里转来转去，想回来找处适合的房子，做一个茶文化空间，在古村里打造时下流行的文化创意空间。他还记得，母亲的闺友在村子里有处140多年历史的老房子，他小时候曾去做客。

　　那是20世纪80年代，老房子被翻新过一遍。童年的阿乐进入这宅子，觉得真是又大又阔气。老房子总是阴郁的，如果不开灯，木头窗户透光也不好，屋内就更加幽暗。青石地板、红砂岩墙吸收了南方的潮湿，一进屋就觉得特别凉，"要有这种湿气才凉快"。阿乐找到了这所房子，进屋的感受让他忆起小时候来这儿做客的情景。

　　最早的屋主过去在美国旧金山打工，做苦力挖金，赚了钱才回来盖起这所房子，算是光宗耀祖了。如今他们一家已经移居香港，这所大房子也很久没人居住。

　　屋子二楼有很大的阳台，精美的门框和雕花还是当年的样子。红砂岩剥落了一些，彩色玻璃窗早已被人偷走。阿乐对这几扇窗印象颇深，"这些进口的彩色玻璃，跟当年可园里的一模一样"。

　　阿乐决定租下这座房子，进行维修，做成茶文化空间，把这所房子再次养活起来。他慢慢筛选材料，一点一点跟工人一起做，在尽量不损伤老房子的前提下，进行最必要的修整。

阿乐说："过去粗放式的经济没法持续下去了，要升级品牌的话，产品的手艺才是最核心的。现在中国人最缺的就是实心诚意做好一件事。"粗枝大叶的、商业化的东西，阿乐不喜欢。他指了指身下坐着的板凳，"几十年了，它有点脏，甚至包了浆，但还是一点问题也没有"。

跟这只凳子一样，建筑、手工器物、做茶，也有时间的美。

不动声色的力量

阿乐找来信得过的工匠，在小巷屋角的红砂岩墙边竖起水泥柱进行保护。剥落过多不能承重的红砂岩，就用红砂岩粉末加胶调成糊来修复。阿乐也尝试了很多回，他发现，湿度不同，红泥颜色也不同，时而是淡红，时而是深红，有时竟然成了橙色。要反复尝试，他才敢下手做。

但大部分红砂岩，阿乐是不去动的，动一下也是对老物件的伤害。二楼要通电，阿乐全部走明线，不会损伤墙体。他用尽可能，不大动干戈,将老房子打理成能够继续使用的样子。

茶文化空间还未正式开业,阿乐收藏的老物件就陈列在走廊边、厅堂里,有藤编的竹篮、大陶缸、瓷瓶,还有百年前的木质婴儿床。阿乐提起这些日常器物就无比兴奋,那是对民艺的情结,像日本美学家柳宗悦所描述的那样,这些日常器物在诉说,就算空无一物,却能抓住信仰的精髓,那是一种不动声色的力量。

这些器物,与红砂岩一样,没有奢侈的风雅,也没有华丽的装饰,都是寻常人家要用的日常,极其普通,谁都能买,谁都可以使用。这些长久以来没怎么变化的平凡物件,是那样结实耐用,厚重、坚固、优美,让人可以信赖。老器物和红砂岩一样,有着物之心。

在这样的老屋里,一位年轻人正在用一颗朴素之心,以一己之力滋养着百年红石老屋。他和老房子一起迎送朝夕,过着不做作的、诚实的生活,让老房子重新焕发了生机,也让老村萌发出新生的枝丫。

这种质朴而健康的生活美学,大约就是对红砂岩最好的精神传承吧。

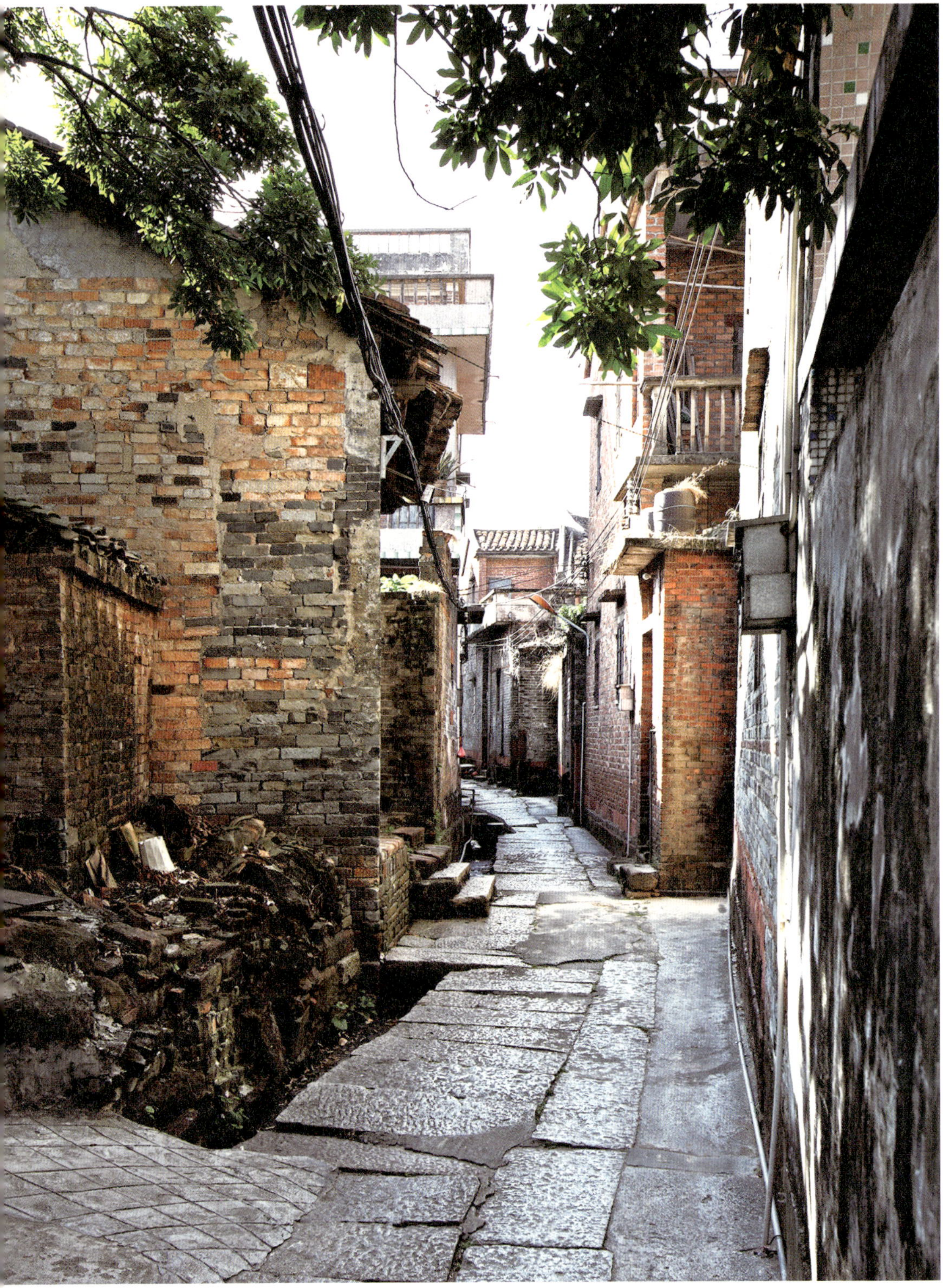

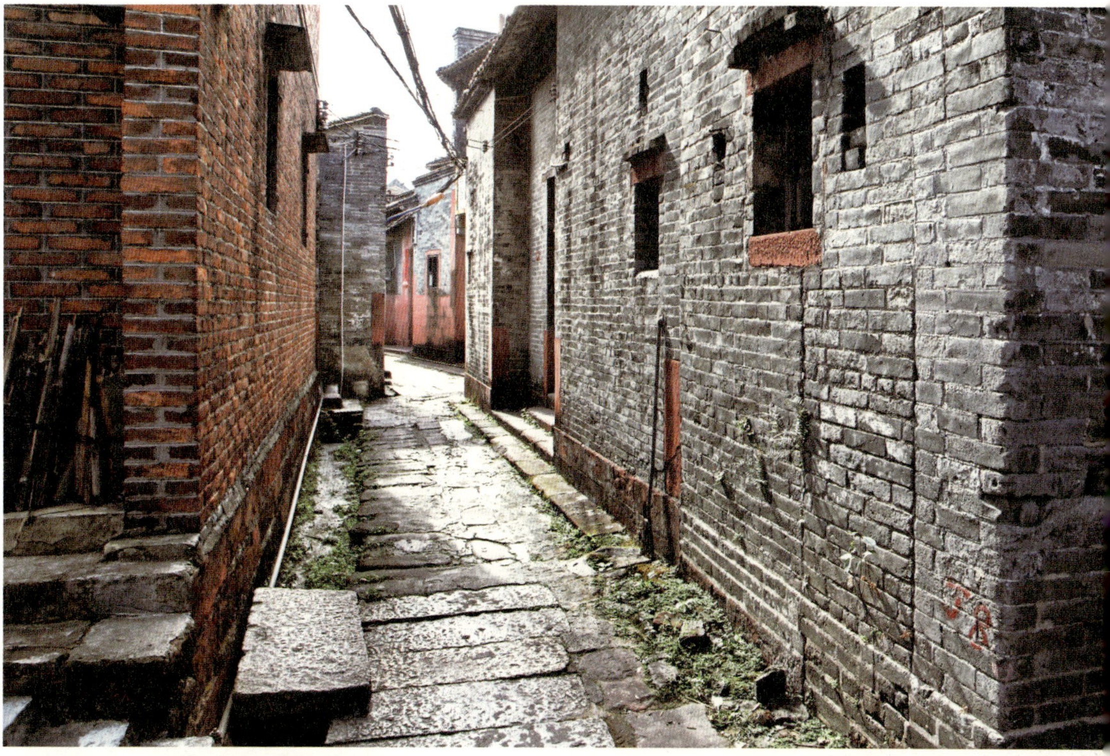

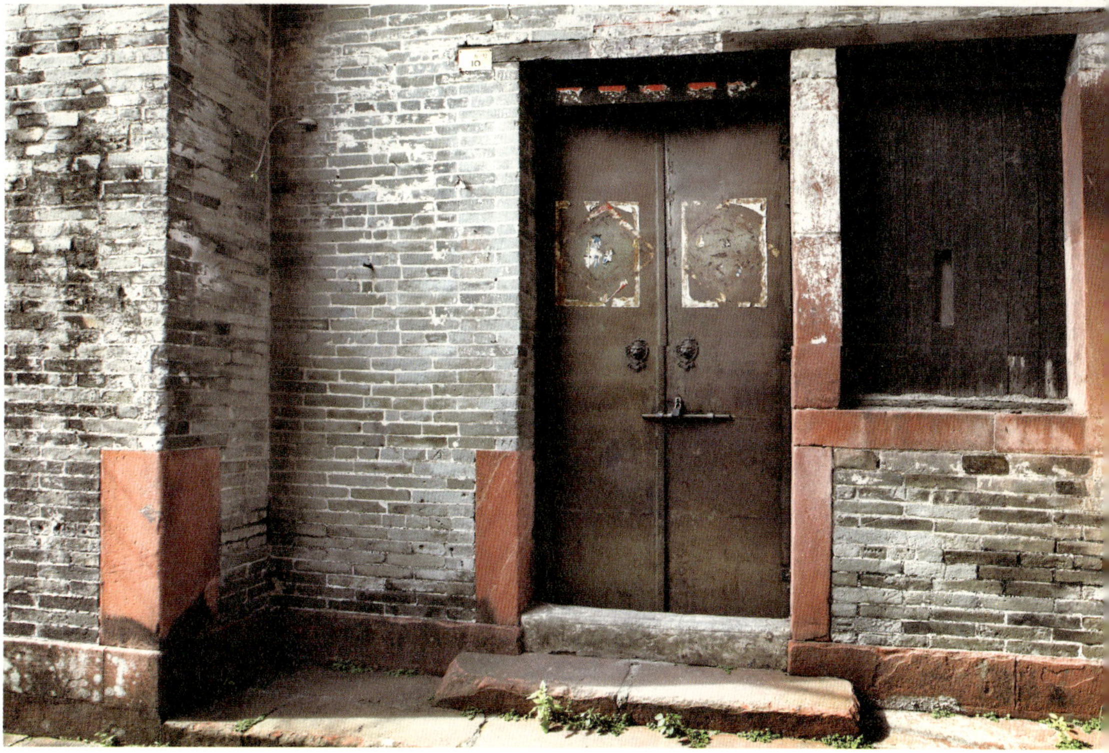

鳌峙塘村

东莞东城的鳌峙塘村，地处寒溪河与东江南支流交汇处，是始建于北宋的古老村落，居民多姓徐。鳌峙塘历史悠久，人杰地灵，先后出现徐兆魁、徐景唐、卢仲夫等功勋显著的人物。村内保留的古典建筑不在少数，传统广府民居还有30余座，这些麻石、青砖、红砂岩修建的瓦房建于清末民国，形成了相对完整的红砂岩传统建筑群。

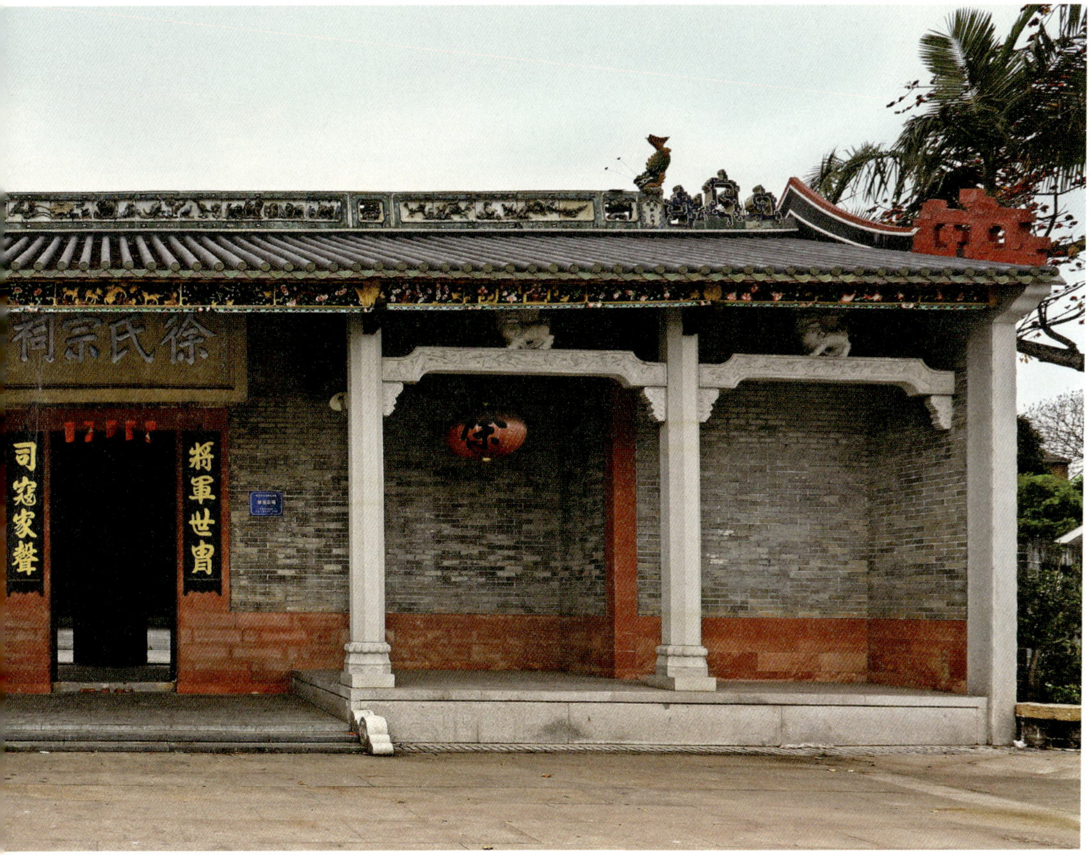
徐氏宗祠
司寇家聲
將軍世胄

唤醒红石村

河水环绕，杨柳依依，东莞的一座座红石古村落，正逐渐被"活化"为文化活动场所。

祠堂在历史上承担着维系家族情感的作用，而在新时期，东莞正赋予祠堂新的功能与意义。已有800多年历史的中堂镇黎氏大宗祠，从始建至今共经过7次维修，保留了明、清、民国时期的风格特点。祠堂内红石柱础、门框显示出深厚的历史文化底蕴，让人肃然起敬。

在古村"活化"的思路引导下，古老的黎氏大宗祠成为历史文化的传承地。74岁的黎老退休前是潢涌小学校长，自2004年起，他每天都准时来祠堂，收集整理村里的房谱、家谱和族谱，编写村志。潢涌村前些年还在祠堂内办起了潢涌历史展览馆，将老祠堂辟为德育基地，不仅让老祠堂焕发出新的活力，也加深了村民对家乡的感情。

黎氏大宗祠并不是古村"活化"的孤例。珠三角原生态保存较为完整的红石古村石排镇塘尾村成立了艺术家联盟，中国民族画家刘立群、广东省工艺美术大师王欢来、北京师范大学启功书院教授赖源泉，以及农夫、周祖嵊等10余位知名艺术家先后进驻塘尾古村，开设了9个不同类目的美术工作室，开发出系列"塘尾印象"文创项目。

刘立群塘尾印象系列画作

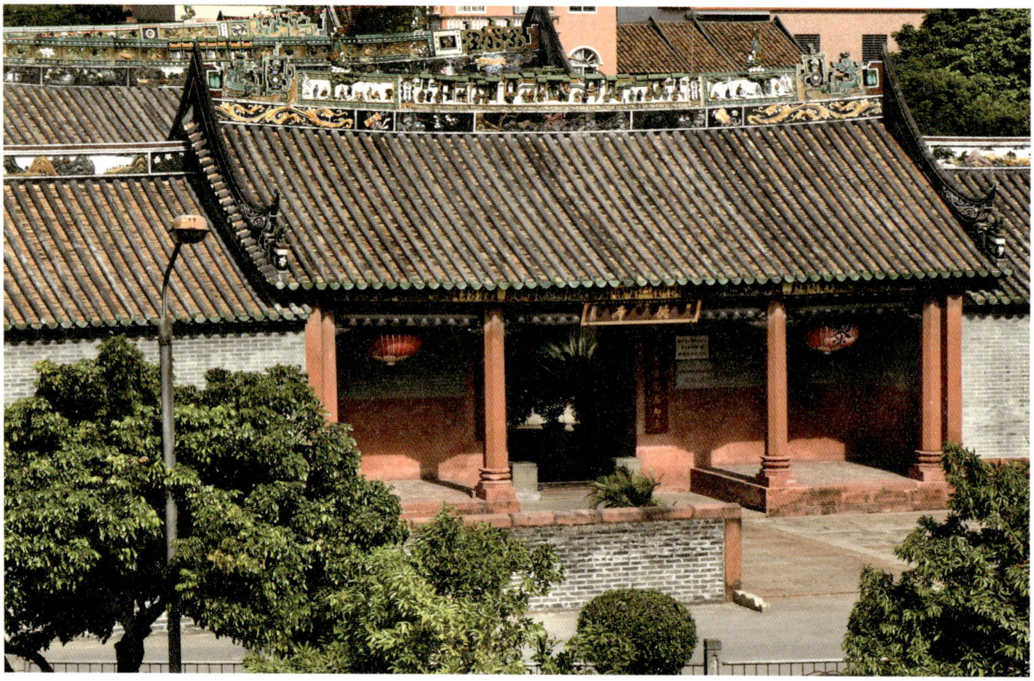

潢涌村黎氏大宗祠

186

潢涌村黎氏大宗祠

塘尾村艺术家联盟

188

艺术重塑古村

艺术家们来到塘尾，开设陶艺体验、书法培训、国学讲堂等公益教育课程，不定期举办文化展演活动……他们就是古村活化的实践者，以亲身经历盘活了这座红石村。

王欢来是天津汉沽人，毕业于天津美术学院，曾任深圳市南山艺术学院院长，也是深圳大学客座教授。王欢来依然记得初来塘尾考察时的印象，"我去过很多地方，都不太满意，直到来到塘尾。这里的古村落保护得比较完整，是理想中的一处净土"。他一下就喜欢上了这里。

"创作的灵感来自作者的文化涵养，但也需要特定的文化时空来触动，这就是我们常说的触景生情"。王欢来对传统文化有特殊的爱好，而塘尾提供了这样的空间环境。在浓烈的传统文化熏陶下，经过慢慢磨合和了解，他产生了用自己的特长来挖掘塘尾村落文化的冲动。

塘尾村古建筑中的红砂岩构件，略有风化却显出时间的痕迹。夯土地面仿佛有灵魂，让古建筑充满生命力。王欢来通过对古建筑群的研究，重新挖掘出塘尾的古井文化、祠堂文化、书室文化，"塘尾有20多座祠堂，是孝道文化、德育文化和团结的象征，书室则说明对教育和知识的重视"。

艺术来源于生活。在塘尾观察与体味到的一切，都被王欢来汇入自己的画作。他创作的巨幅水墨画作《塘尾记忆》，迎客松从右横斜而出，极为繁茂有力，几乎覆盖了画面的四分之三，仿佛欢迎来客的拥抱，伸向画面左侧塘尾古村的东门楼；迎客松掩映下的门楼，依然是旧时的样子，红砂岩和麻石筑成的墙体在画面中显得尤其古朴，背景则是朦胧的围墙和民居。画中的文字写着："古莲溪水东江畔，塘头塘尾田相连。碧水倒影映古村，恰如美景当年现……未作新童写就篇，文以载道换新颜。"

"这是塘尾人的塘尾记忆"。王欢来在村中走访，对本村现实场景与村民口述历史的提炼，成就了这幅画作。王欢来说，画中的景物都能在古村中找到原型，红色的砂石、东门楼、民居，抑或是那棵热情的迎客松，都是古村性格最好的提炼。

王欢来不仅用书画展示本地的文化，也积极参与塘尾艺术联盟的艺术公益活动，为村里的学生开展暑期书画培训。在他看来，"这是一个很有意义也很重要的事情。本村的孩子从小就接受传统的书画教育和熏陶，并代代传承下去，留下记忆，也留住了乡愁"。

王欢来画作《塘尾记忆》

另一种方向

在艺术家们的眼里，塘尾古村特有的岭南传统民俗不仅是艺术创作的灵感来源，更是推动他们继续传播中华传统文化的动力。

陶艺大师、非物质文化遗产雨点釉制作技艺传承人周祖嵘平时也喜欢在村里闲逛，石阶上的青苔，红砂岩上的痕迹，包括塘尾村生活的点点滴滴，都为自己的创作增加灵感，"整个古村是用古人的智慧建造而成的，给我们提供了广阔的创作空间，让我们走到另一个方向，寻找艺术与传统文化的结合"。

艺术家与村民和谐共处，承担了系列文化公益活动，帮助村民了解古村落的文化价值。最好的保护，就是活化利用。古村潜藏的活力被逐渐唤醒，传统村落文化氛围日益浓厚。艺术活化古村，引来文气、才气，也引来了人气，前来古村学习、参观、游览的人流络绎不绝。

这些红砂岩、青砖、墨瓦筑就的古建筑，开始绽放出时间积淀的魅力。

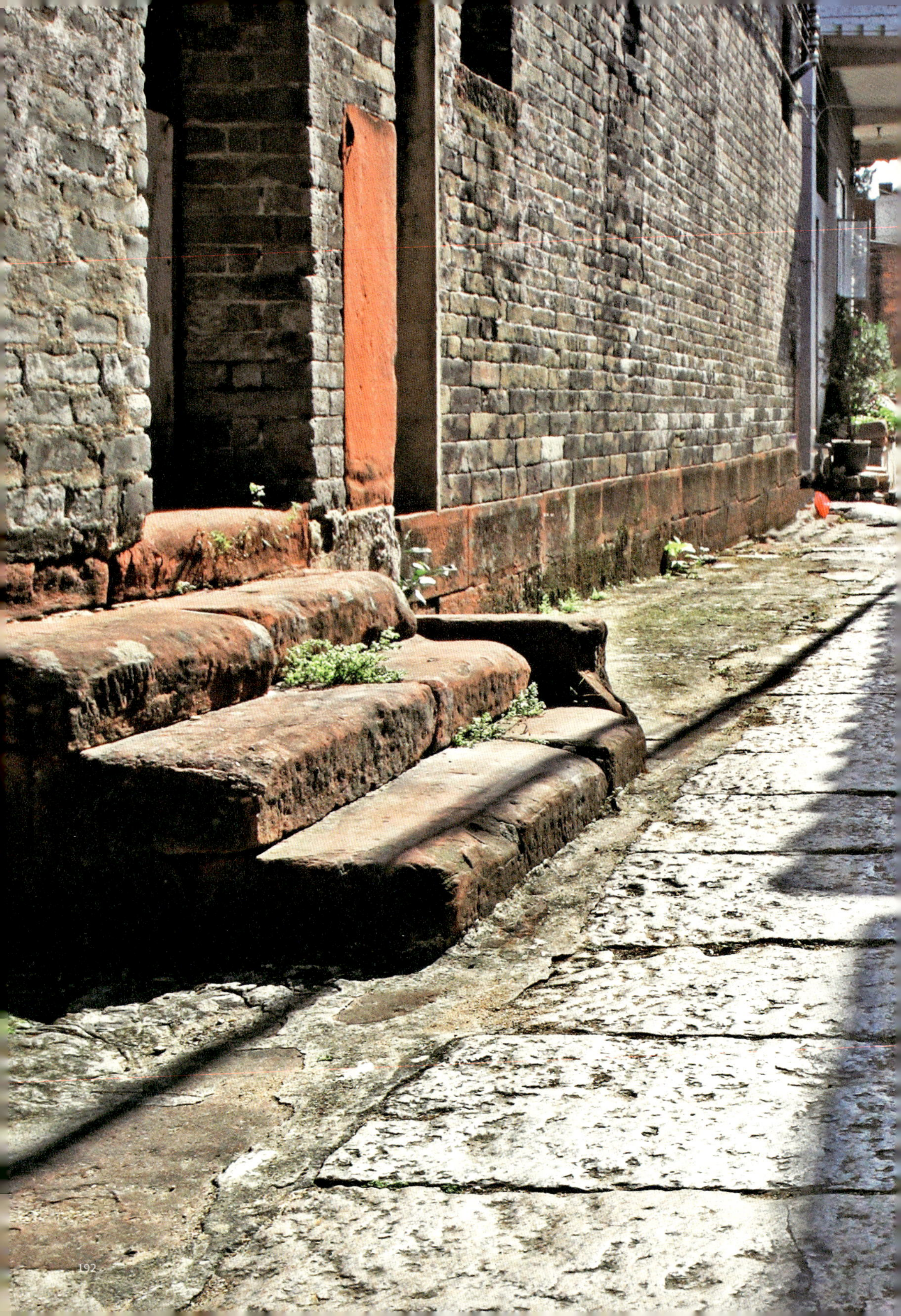

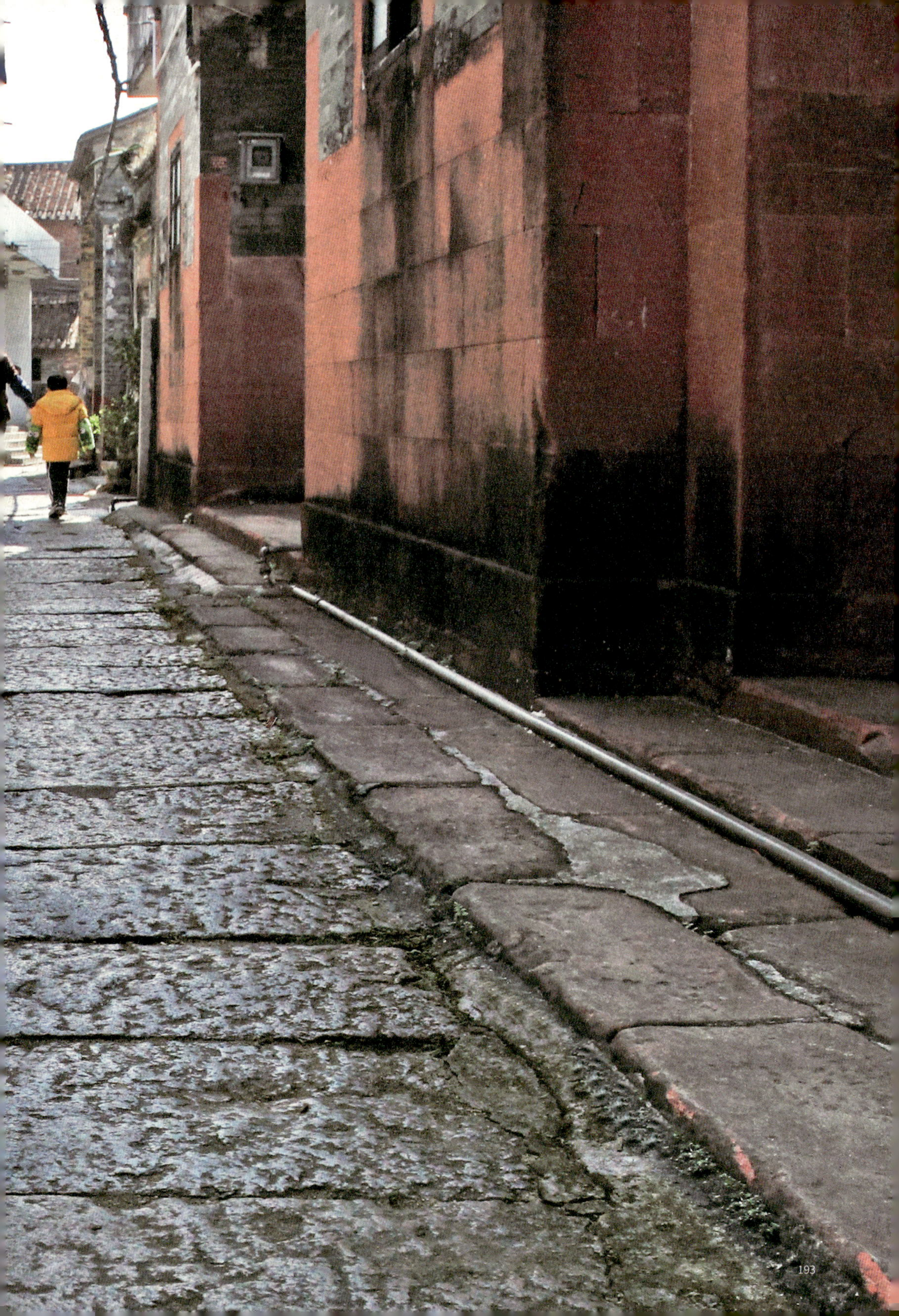

后记

日月摩挲,沧海桑田,地质的变迁和时间的蓄积,孕育出珠三角地区红砂岩资源。

东莞的红砂岩有着特殊的自然和文化属性。作为天然屏障,燕岭阻挡了东江的滔天水患,成为东莞繁荣的起点;作为一种建筑材料,红砂岩是珠三角地区特有的建筑石材,装点了无数古老的村庄和家庙。东莞的传统村落,处处可见红砂岩。

在这里,红砂岩的开采和应用历经数百年,我们可以看到东莞居民在建筑美学与实用性上的探索。从古到今,红砂岩参与了东莞农、工、商业的兴盛,见证了这座城市的崛起,串联起无数神奇的城脉故事。东莞的红砂岩,牵引着这座古老城市的命运和兴衰。它隐含着历史的演变,文化的凝聚,并带给这座湿润的岭南城市以热烈厚重的丹霞之美。

毫无疑问,记录红砂岩有其价值所在。其过程,既有趣味,也是挑战。

本书编写,几易其稿,此中艰辛,不复赘述。在此特别感谢东莞文史专家李炳球先生的悉心指导以及摄影师周敏强先生的大力支持。他们此前做了大量研究、拍摄、记录东莞各地红砂岩遗存的工作,为本书提供了翔实可靠的资料和图片。同时,感谢其他在本书编写过程中提供帮助的人员,他们的热情与支持,付出和辛劳,让此书得以顺利出版。

参考书目

[1]谌小灵、刘成:《东莞红砂岩文化遗存保存状态评估与保护方法研究》,科学出版社2010年版.

[2]政协广东省东莞市委员会编:《凝固的历史: 红砂石与东莞古村落》,花城出版社2018年版.

[3]魏毅东:《空间意象: 关于建筑的诗学》,山东画报出版社2015年版.

[4]王辉编著:《建筑美学形与意》,中国建筑工业出版社2012年版.

[5]楼庆西:《砖雕石刻》,清华大学出版社2019年版.

[6]伍俊斌主编:《对外交流桥头堡》,广东人民出版社2016年版.

[7]张铁文:《东莞风情录》,广东人民出版社2015年版.

[8]李权时主编:《岭南文化》,广东人民出版社1993年版.

[9]杨影:《中国古代地域文化——岭南文化》,吉林出版集团有限责任公司、吉林文史出版社2010年版.

[10]王发志、闫煜编著:《岭南祠堂》,华南理工大学出版社2011年版.

[11]叶春生:《岭南民间文化》,广东高等教育出版社2000年版.

[12] 黄树森主编:《东莞九章: 现代化中的东莞现象与东莞想象》,花城出版社2008年版.

[13]齐晓光:《番禺建筑》,中山大学出版社2017年版.

[14] (香港) 科大卫:《皇帝和祖宗: 华南的国家与宗族》,江苏人民出版社2009年版.

[15]赵园:《明清之际士大夫研究》,北京大学出版社1999年版.

图书在版编目（CIP）数据

石头记：东莞古旧建筑中的红砂岩 / 杨晓棠 主编 . — 南京：江苏凤凰文艺出版社，2021.12
　ISBN 978-7-5594-6430-9

Ⅰ . ①石… Ⅱ . ①杨… Ⅲ . ①散文集－中国－当代 Ⅳ . ① I267

中国版本图书馆 CIP 数据核字 (2021) 第 251437 号

石头记：东莞古旧建筑中的红砂岩

杨晓棠 主编

副　主　编	李翠青
撰　　　稿	小魁　艺文
责 任 编 辑	姜业雨
助 理 编 辑	张婷
特 约 编 辑	叶晓平　吴建勋　郑旭飞
特 约 顾 问	李炳球
特 约 摄 影	周敏强
封 面 题 字	岑诒立
图 片 提 供	中共东莞市委宣传部　王欢来　王志荣　王淑珍　王慧玲　毛赞猷　尹淦江　刘立群　李晖　杨大勇　陈培坤　周满杨　胡叠　曹永富　程永强　谢锐坚（按姓氏笔划排序）
出 版 发 行	江苏凤凰文艺出版社 南京市中央路 165 号，邮编：210009
网　　　址	http://www.jswenyi.com
印　　　刷	深圳市国际彩印有限公司
开　　　本	718 毫米 ×1000 毫米　1/16
印　　　张	13
字　　　数	130 千字
版　　　次	2021 年 12 月第 1 版
印　　　次	2021 年 12 月第 1 次印刷
标 准 书 号	ISBN 978-7-5594-6430-9
定　　　价	58.00 元

江苏凤凰文艺版图书凡印刷、装订错误，可向出版社调换，联系电话 025-83280257